百變史萊姆

大衛・威廉(David Walliams) 著
東尼・羅斯(Tony Ross) 繪
高子梅◎譯

晨星出版

David Walliams

大衛・威廉幽默成長小說

神偷阿嬤
午夜幫
臭臭先生
壞心姑媽
小鬼富翁
冰原怪獸
巫婆牙醫
鼠來堡
爺爺大逃亡
瞪西毛怪
壞爸爸
皇家魔獸

神偷阿嬤
再次出擊！

大衛・威廉繪本

愛嚇人的蹦蹦熊
飛天企鵝傑洛尼莫
第一個登陸月球的河馬
學校裡有蛇
動物合唱團
小怪獸不搗蛋

David Walliams

大衛・威廉糟糕壞系列

糟糕壞小孩
髒兮兮

糟糕壞小孩
氣嘟嘟

糟糕壞小孩
鬧哄哄

糟糕壞老師
兇巴巴

糟糕壞父母
（即將上市）

蘋果文庫 141
大衛·威廉幽默成長小說 14
百變史萊姆
Slime

作者：大衛·威廉（David Walliams）
繪者：東尼·羅斯（Tony Ross）
譯者：高子梅

責任編輯：呂曉婕 | 文字編輯：江品如
文字校對：蔡雅莉、江品如、呂曉婕
封面設計：鐘文君
美術編輯：曾麗香

創辦人：陳銘民
發行所：晨星出版有限公司
台中市 407 工業 30 路 1 號 | TEL：（04）23595820 | FAX：（04）235950581
E-mail：service@morningstar.com.tw
晨星網路書店：www.morningstar.com.tw
法律顧問：陳思成律師 | 郵政劃撥：15060393（知己圖書股份有限公司）
讀者服務專線：02-23672044、04-23595819#212
讀者傳真專線：02-23635741、04-23595493

印刷：上好印刷股份有限公司
出版日期：2022 年 08 月 15 日 | 定價：新台幣 320 元

ISBN 978-626-320-201-6
CIP 873.596 111009556

僅以此書獻給
最酷的輪椅少年
Dante

VAL BRATHWAITE 創意總監
DAVID MCDOUGALL 藝術指導
MATTHEW KELLY 設計師
SALLY GRIFFIN 設計師
KATE CLARKE 設計師
TANYA HOUGHAM 有聲書編輯
GERALDINE STROUD 公關總監
史萊姆
David Walliams 大衛·威廉

謝謝這些夥伴

ANN-JANINE MURTAGH
執行出版

CHARLIE REDMAYNE
執行長

TONY ROSS
插畫

PAUL STEVENS
出版經紀人

HARRIET WILSON
編輯

KATE BURNS
美術編輯

SAMANTHA STEWART
出版經理

潔米瑪是奈德的姊姊。潔米瑪最喜歡做的事情，莫過於惡整她的弟弟。

這是發生在麻趣島上的故事。

幾個大人物就住在這座小島上……

先來認識一下**奈德**吧。奈德年紀十一歲，是個聰明有趣的男孩。他還是小嬰兒的時候，雙腿便不良於行，都是靠輪椅在麻趣島上***呼嘯奔馳***。

憤怒校長瓦特是奈德以前就讀的學校的校長，校名是麻趣噁心小學。之所以說是他以前就讀的學校，那是因爲瓦特校長有一次脾氣又像火山一樣爆發，就把奈德退學了。

奈德的爸媽：爸爸整天都待在海上的漁船裡，媽媽則整天在島上的市場販售爸爸的漁獲。

妒嫉兄弟艾德蒙和**艾德門**共同經營島上僅有的一間玩具店，店名是妒嫉玩具專賣店。這對壞透的雙胞胎討厭小孩的原因，只是純粹看不順眼他們年紀輕，所以每次都會故意害小孩淚眼汪汪地哭著逃離玩具店。

貪欲老師是麻趣噁心小學的副校長，他日夜貪圖登上高位，當上校長。

傲慢上尉是島上公園的管理員。管理公園是這位前任陸軍軍官的驕傲與興趣，他自豪到不准任何人踏入公園，尤其是討人厭的小孩，因為他們會踩爛他珍貴的草地。

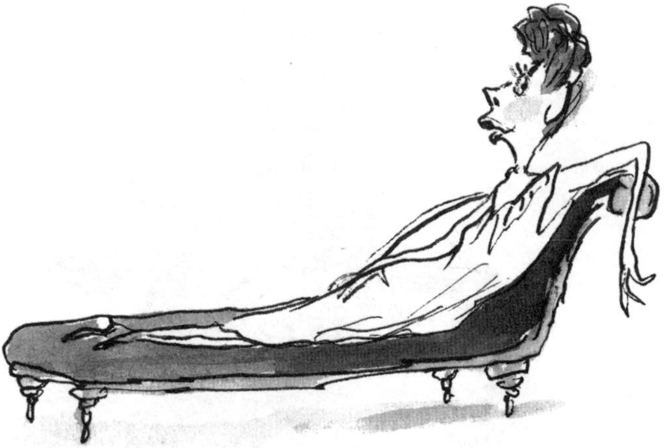

懶散夫人索倫奇奧是全世界最懶惰的鋼琴老師。她可是獲得優渥的酬勞來幫孩子們上鋼琴課，她卻只會在沙發上打瞌睡和放屁，而且放的還是**驚天動地**的響屁。

貪心姨媽葛麗塔，是奈德和潔米瑪的姨媽，她是一位超級富豪，整座麻趣島都是她的。這位高傲的老太太獨居在山頂，一座可以俯瞰全島的城堡裡，陪伴她的貓超過一百隻，牠們全都叫小不點。

巨無霸小不點是姨媽最大的一隻貓，體型和重量等同一頭熊，而且比熊還要可怕。

貪食夫妻格倫和**格倫達**擁有島上僅有的一輛冰淇淋車，叫做貪食冰店。會是唯一的一輛，是因爲他們把所有競爭對手的冰淇淋車都撞爛。這對惡毒的夫妻還會騙小孩的零用錢，冰淇淋也不給人家就開車加速跑走，邪惡的他們還會狼吞虎嚥地吃掉所有冰淇淋。

最後一個角色也是最重量級的角色，
就是**史萊姆**。

沒錯，史萊姆還活得好好的。牠是一個形狀可以千變萬化的生物，或者說牠能夠唏哩呼嚕地黏塑成**任何一種東西**。

但是史萊姆究竟是

良善的力量

還是**邪惡的力量**呢？

就讓我們繼續看下去……

書報店老板**拉吉**並沒有住在麻趣島。

序言

史萊姆的簡史

史萊姆是這世上最大的謎團之一。就算不是最大的，但至少擊敗巨石陣，超越金字塔，也打趴了尼斯湖水怪。

金字塔

巨石陣

尼斯湖水怪

史萊姆，
牠是什麼東西？
牠在哪裡？
牠是何方神聖？
牠究竟是怎麼回事？
牠為什麼這麼厲害？

小孩都想弄清楚，史萊姆是從哪裡來的生物。大人都迫不及待地想知道，牠還會回來嗎？

終於，這是史上第一次揭露史萊姆的傳奇故事。所有事蹟都將在這本書裡一一公開，有可能是自有書籍寫作以來，最重要的一本書。

有些專家相信史萊姆的歷史可以追溯到幾十億年前。

他們的理論是，當初地球誕生時，什麼都沒有，只有茫茫一片宛若汪洋的史萊姆，然後從那一大片史萊姆裡生出更多的史萊姆，更多的史萊姆再生出更多更多的史萊姆，更多更多的史萊姆再生出更多更多更多的史萊姆，幾十億年來全都埋在地殼底下，直到現在……

也有人說創世之初，一顆巨大的史萊姆隕石墜毀地球。撞擊當下，數十億噸的史萊姆噴炸出來，厚厚地覆蓋了所有生物。這也是恐龍滅絕的原因，因為牠們都被史萊姆黏死了。

還有另一個理論是，很多年前，有一群全身都是史萊姆的外星人從一顆史萊姆大本營的星球那裡，開著一艘用史萊姆製成的太空船飛到地球來。他們一降落，就教導古代人類有關史萊姆的一切。

如何用史萊姆來蓋房子？

最佳史萊姆料理食譜。

還有最重要的是，如何用史萊姆來製作襪子。

史萊姆房子

然後這群全身都是史萊姆的外星人，登上那艘用史萊姆製成的太空船，咻的一聲，回到那顆滿是史萊姆的星球，也就是那個史萊姆星球，並且再也沒有回來過。但是他們把史萊姆的秘訣留給了人類，所以小孩才會老是沒完沒了地，拿史萊姆的問題來煩大人。

但真相並非如此。

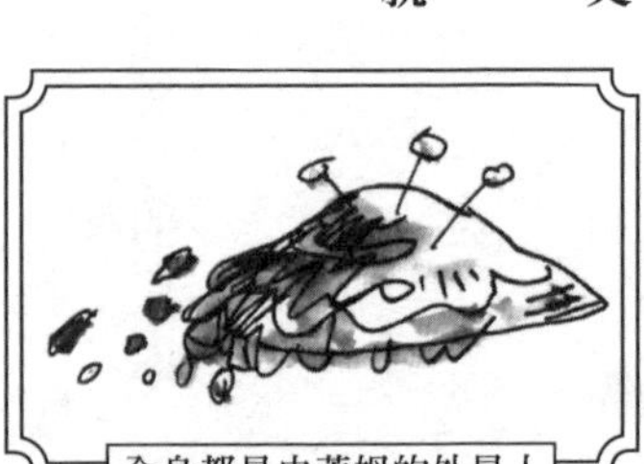

全身都是史萊姆的外星人

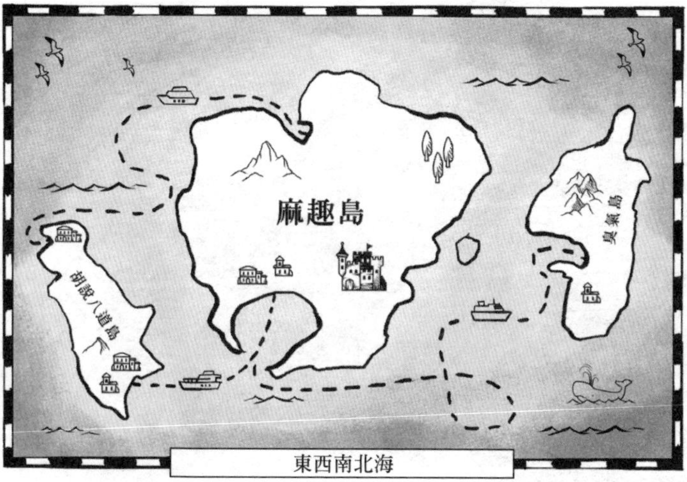

史萊姆其實是在五十多年前，在一座偏遠的小島上創造出來的生物。確切來說，就是**麻趣島**。它座落在大東西南北海的正中央，位於胡說八道島和臭氣島的中間。

我怎麼會知道所有的這些事呢？因為**都是我亂編的**。

貓砂城堡
護城河
貪食
冰店
麻趣噁心
小學
公園
古堡的
廢墟

麻趣島地圖
懶散夫人
索倫奇奧
的家
妒嫉玩具
專賣店
奈德一家人
的家
市場
港口
大海

第1章

麻趣島

這座小小的**麻趣島**，人口不到一千人，準確來說是九百九十九人。就說不到一千人嘛！

在這九百九十九個居民當中，有一個男孩叫做奈德。「奈德」這兩個字不是什麼多了不起的字眼縮寫而成的名字……反正就是叫奈德。奈德十一歲，在**麻趣島**出生，跟大多數的島民一樣，從來沒離開過這座島。

要說奈德是個普通男孩，那就大錯特錯了。他一點也不普通……他很特別。奈德出生時，雙腿便失去作用，完全沒辦法走路，於是找來一台生鏽破舊的輪椅，讓他學會用它來代步。常有人看到這男孩滑著輪椅環島，呼嘯奔馳著，表演前輪離地的特技來娛樂朋友。

「嗨翻了！」他呼嘯而過時，都會這樣喊道。

奈德的家是一棟久經風吹日曬的破舊木屋，木屋緊鄰著懸崖邊，能俯瞰小島周圍洶湧的大海。

奈德的爸媽從黎明到深夜都得出外工作。爸爸是漁夫，整天都待在海上的漁船裡，媽媽則在島上的市場販售爸爸的漁獲。但在**麻趣島**四周只能捕獲到**鞋子魚**，牠們是形狀很像鞋子的魚類。

鞋子魚吃起來的味道也像鞋子，有濃濃的**腳汗味**。儘管這味道很噁心，但是當地人已經吃習慣了，反正他們也沒別的選擇。

所以不用說也知道，奈德的父母絕對是渾身**魚腥味**。不過奈德見不到父母，所以甚至不曉得父母

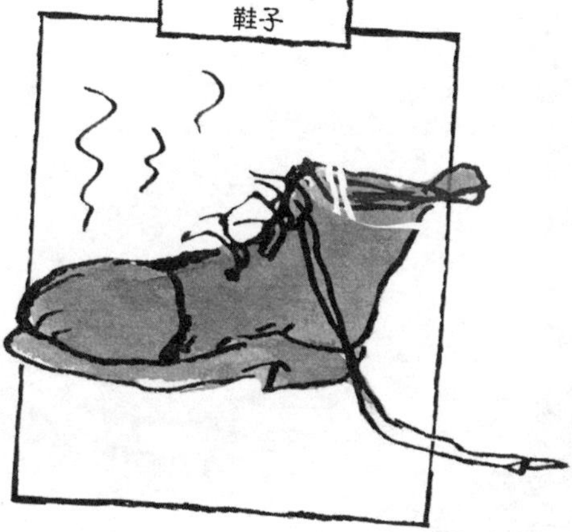

身上的味道，因爲這對夫妻總是在外工作。

於是男孩就被留在家裡，跟他姊姊獨處。潔米瑪非常非常討厭奈德。她雖然是長女，受人疼愛的卻是她弟弟。

這女孩身穿漂亮的**花色小洋裝**，腳蹬著一雙很大的**鋼頭靴**，從來不擔心沒機會充份使用這雙靴子。

奈德的姨媽是**麻趣島**的島主，她是媽媽的姊

姊，比他媽媽年長很多。她的名字叫做**貪心葛麗塔**。這位女士**貓砂堡**是她的家，而那是一座中世紀的巨大堡壘，座落在很高的山頂可以俯看整座島。那地方就像另一個世界，離奈德和他家人所住的小木非常遙遠。

貪心姨媽獨居在城堡裡，而這也是她爲什麼如此喜歡那座城堡的原因。陪伴她的只有她**一百零一隻貓**。牠們都是令人生畏的野獸……她養牠們的目的是要嚇走討人厭的小孩。

這位女士非常厭惡小孩，尤其是她那可憐的外甥奈德。葛麗塔姨媽來沒有幫助過他，一次都沒有。對她來說，小孩的遊戲、小孩的嘰嘰喳喳，還有最可怕的……小孩的臭味，都會毀掉麻趣島。但葛麗塔姨媽最沒資格抱怨臭味，因爲她渾身都是**貓尿味**。

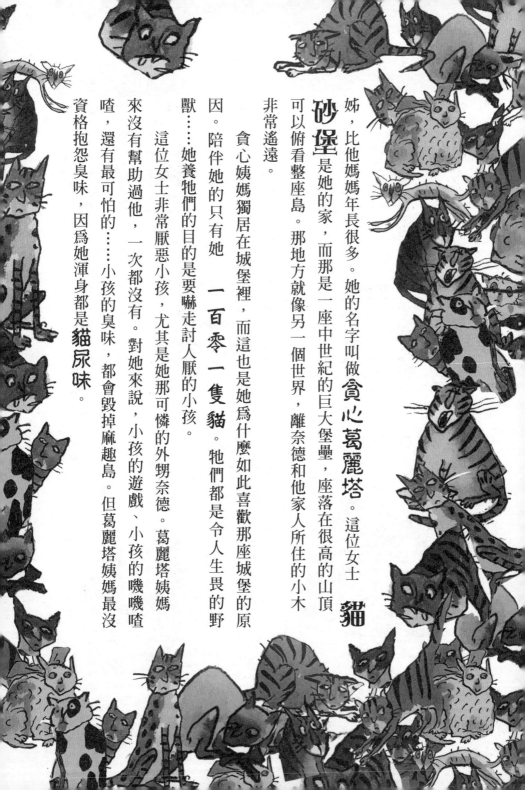

由於葛麗塔姨媽是島主，因此具有統治當地居民的權力。那些跟她一樣討厭小孩的大人，都會得到她的獎勵。其中一位是憤怒校長瓦特。他是一個很惹人厭的壞老頭，貪心姨媽指派他當島上唯一一所學校的校長，校名是麻趣噁心小學。憤怒校長唯一的樂趣，就是把小孩從他的學校裡退學。奈德就像多數的其他人一樣，也遭到退學。

這座島上只有一家玩具店，貪心姨媽把它交給一對雙胞胎兄弟。妒嫉兄弟艾德蒙和艾德門把這家店命名為——妒嫉玩具專賣店。不過這家店只是一個用來嚇小孩的幌子而已。奈德上次去的時候，就經歷了一次非常糟糕的

經驗。

麻趣島上的另一個居民是**懶散夫人索倫奇奧**。這位夫人理當是個鋼琴老師，卻**懶**到不想教學生任何東西。懶散夫人是一位虐待大師，奈德很不幸地曾經是她的學生之一，那時他竟然敢當場抱怨，結果就出事了。

傲慢上尉是一位極端保守的退伍軍人，被貪心姨媽指派當**麻趣公園**的管理員。這位上尉會確保誰都無法享用島上唯一的公園綠地，尤其是像奈德這樣的小鬼。

賣冰淇淋的**貪食夫妻格倫和格倫達**，會確保小孩永遠吃不到冰淇淋。這對夫妻會開著他們的車在島上四處移動，小孩來行騙，拿走他們的零用錢，不給冰淇淋就開車跑掉。要是這對貪食夫妻不是住在**麻趣島**，而是這世上其它地方，早就被關在牢裡，然後把鑰匙扔了，讓他們永遠都不能出來。但是貪心姨媽卻津津樂道他們的行騙伎倆，確保這對夫妻可以消遙法外，哪怕他們也騙過她外甥奈德的錢。

所以這座小島是一群**壞蛋**大人的大本營。不過在這座島上，有一個小孩可能跟他們一樣壞。

而可憐的奈德又跟她有血緣關係。

那個小孩，
就是他姊姊。

第2章

一個惡劣的女孩

奈德的姊姊潔米瑪最喜歡惡整她弟弟，這些惡整可以讓這女孩一天到晚都在竊笑。

「嘻！嘻！嘻！」

這不是善意的竊笑聲，而是很不友好的竊笑聲，彷彿她很清楚自己的惡劣。

這些惡整方式都很下流：

把不停**扭動**的蟲蟲丟進她弟弟睡衣裡。

「嘔！」

把牙膏換成黏膠，害他的牙齒被黏起來。

「嗯嗯嗯～！」

清空他最愛吃的橘子醬，再倒進一堆攪爛的大黃蜂。

「嗯！」

把她弟弟房間裡的每樣東西都塗成亮紫色，包括牆壁、地板、天花板、他的玩具和衣服，就連他的寵物小沙鼠也不例外。

「不——」

把一隻毛絨絨的大蜘蛛藏在他的床尾，啃咬他的腳趾。

「啊——」

「呀——」

將馬桶座撒滿辣椒粉，害男孩的屁屁，**辣到不行**。

把奈德最喜歡吃的**葡萄乾巧克力**，換成小沙鼠的**便便**。

「噁心！」

連續一個禮拜在一只舊木箱裡面放屁，然後拿到奈德的房間打開，用**屁臭彈**[1]熏昏他。

「噗嗚嗚嗚嗚！」

但這些全都比不上潔米瑪正在爲她弟弟精心準備的——夢魘級惡整遊戲。

---

1 全新的名詞，你可以在**《威廉大辭典》**裡輕鬆地找到這個詞。

第3章 黏黏的東西

潔米瑪這個小孩，只要是很噁心的東西都超愛，不只喜歡蜘蛛和蟲子，還包括又軟又黏的東西。這女孩在家人住的小木屋裡，到處藏放玻璃罐，裡頭都裝著**黏黏**的東西。

這些可能是你在石頭底下、池塘底部、或排水孔深處挖到的東西。

潔米瑪會把任何髒東西鏟出來，丟進玻璃罐裡。久而久之，她已經收集到數百罐黏黏的東西。每個罐子上面都貼有標籤，這樣潔米瑪才會記得什麼是什麼。只要一想到，這女孩是怎麼收集到其中一些最噁心的東西，絕對會讓人不寒而慄。你死也不敢徒手摸它們！

貛的鼻涕
很滑的
爛泥巴
蛙卵
水母
老奶奶的口水
蝸牛的黏液
腳垢
腳趾甲
鴿子大便
臭掉的蛋
腋下汗水
老頭子的痰

變質的蛋奶凍
毛球
蕁麻汁
榨成汁的蟲蟲
沙鼠的尿尿
瓢蟲會留在你手指上的黃色詭異東西
肚臍眼裡的污垢
耳屎
放屁噴出來的屎水
壓扁的毛毛蟲
蜘蛛的嘔吐物
霉味很濃的霉菌
鼻涕蟲的黏液
蝙蝠蛋
難以形容到叫不出名字的東西

每個衣櫃底下，每個碗櫃後面，甚至地板底下都有**玻璃罐**、**玻璃罐**、和更多的**玻璃罐**。

潔米瑪把它們全囤放在家人住的小木屋裡，因爲她想玩一個超級大的惡整遊戲，來作弄她弟弟。

這個惡整保證會讓他尖叫到震垮整棟屋子。

「**啊啊啊啊啊啊啊啊！**」

尖叫聲將永遠響徹**麻趣島**的各個地方。

潔米瑪夜裡一想到這個邪惡的計畫，便暗自竊笑到睡著。

「**嘻！嘻！嘻！**」

但是有一個問題。

她弟弟知道她在玩什麼把戲。

第4章

床底下的鼻屎

奈德發現了玻璃罐。一開始只發現到一罐，原來是因爲有一次奈德睡得很熟，當時夜深人靜，他在床上翻了個身。

砰！

「嗷！噢！」

跌下床的他驚醒了過來，奈德撐起身子，正想爬回床上時，不經意地發現，在床底下的暗處有東西在閃爍。

他伸手一摸，找到一個玻璃罐，標籤上有他姊姊歪七扭八的筆跡，上面只寫著**鼻屎**兩個字。他仔細查看，發現它眞的是一個裝滿**鼻屎**的玻璃罐，看起來非常像潔米瑪的鼻屎。畢竟這麼多年來，她在奈德面前挖過鼻屎、舔過鼻屎、也朝他丟過鼻屎，所以不管它們被放在哪裡，他都能立刻認出來。她的鼻屎都是綠綠的，帶一點棕色。

奈德馬上警覺到，他那邪惡的姊姊一定有什麼名堂。可是爲什麼她要用玻璃罐把自己的**鼻屎**裝起來，放在他床底下呢？

他把被單掀開，這才發現那只是床底下的其中一罐，裡頭起碼還有一百罐……每個玻璃罐都裝著，比前一個玻璃罐還要噁心的東西。奈德讀著罐上的標籤，眼睛**越瞪越大**。

奈德把床底下的玻璃罐一個個搬出來，小心翼翼地不讓它們碰撞彼此，以免吵醒他那缺德的姊姊，她正在隔壁的房間裡睡覺。

2 塘糊是正確的字眼，若有任何疑慮，請查閱你的**《咸廉大辭典》**，它是這世上最厲害的自創字字典。

然後奈德撐起身子，坐上那台破舊的輪椅，想要找出更多的玻璃罐。

坐輪椅的一個好處是，你可以無聲無息地滑動，不會被人發現。

前提是你不要撞上任何傢俱。

「咚！」

或者從貓的身上碾過。

「喵！」

奈德滑著輪椅，從他姊姊房間經過，前往客廳。奈德心想，到底哪裡是藏玻璃罐的好地方呢？

結果竟然……**到處都是！**

客廳裡到處都藏有噁爛[3]的**玻璃罐**、**玻璃罐**和更多的**玻璃罐**。

3　別再拖了，今天就去買你的**《感廉大辭典》**。

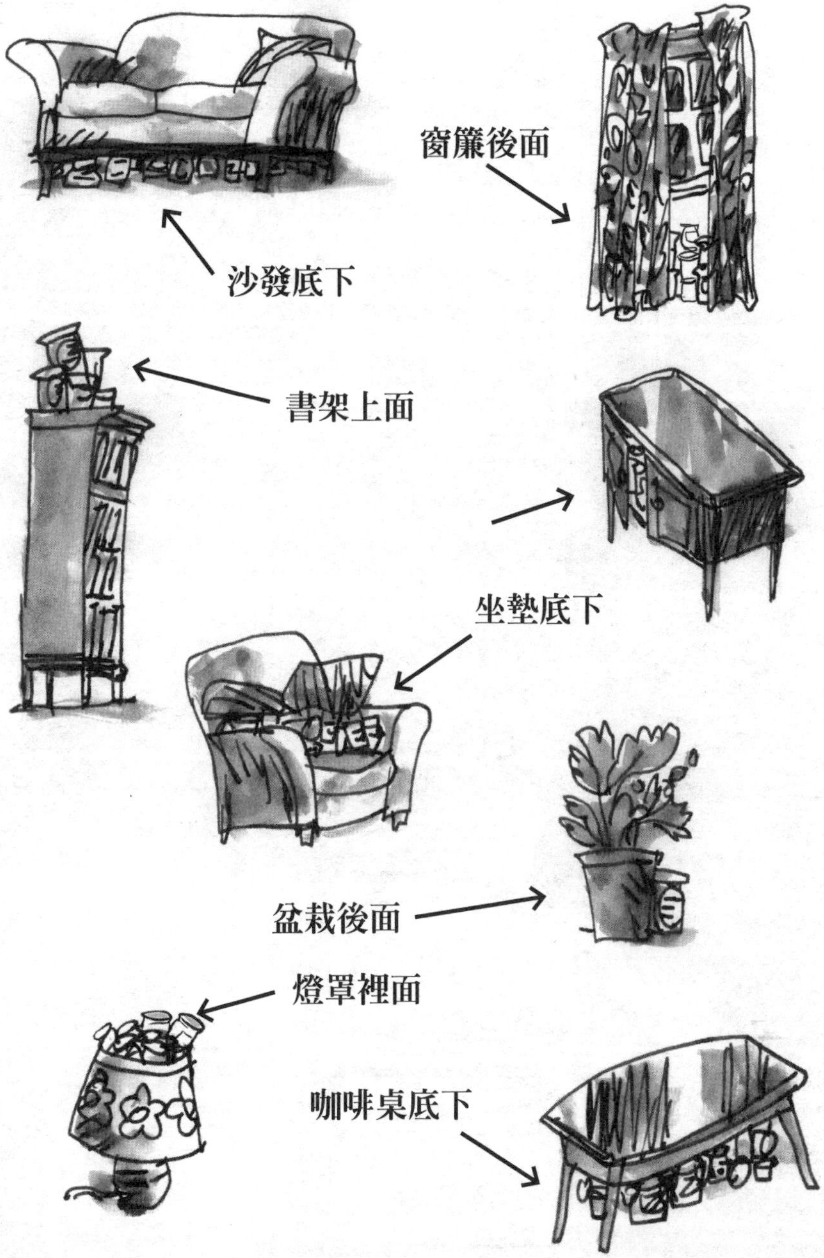
窗簾後面
沙發底下
書架上面
坐墊底下
盆栽後面
燈罩裡面
咖啡桌底下

廚房的情況也一樣，走廊也是。

奈德滑著輪椅經過鍋爐櫃，結果聽到**咕嚕咕嚕**的聲響。

咕嚕！咕嚕！咕嚕！

他一打開櫃門，竟看見**好多玻璃罐**裝著**黏黏的東西**，這些東西正從罐子裡**滲**出來。八成是鍋爐的熱氣，害這些**黏黏**的東西膨脹起來。玻璃罐竟然一個都沒**爆炸**，也眞是奇蹟了。

這些玻璃罐也都有貼標籤，而且內容物一個比一個，更令人摸不著頭緒。

這些東西到底是什麼啊？

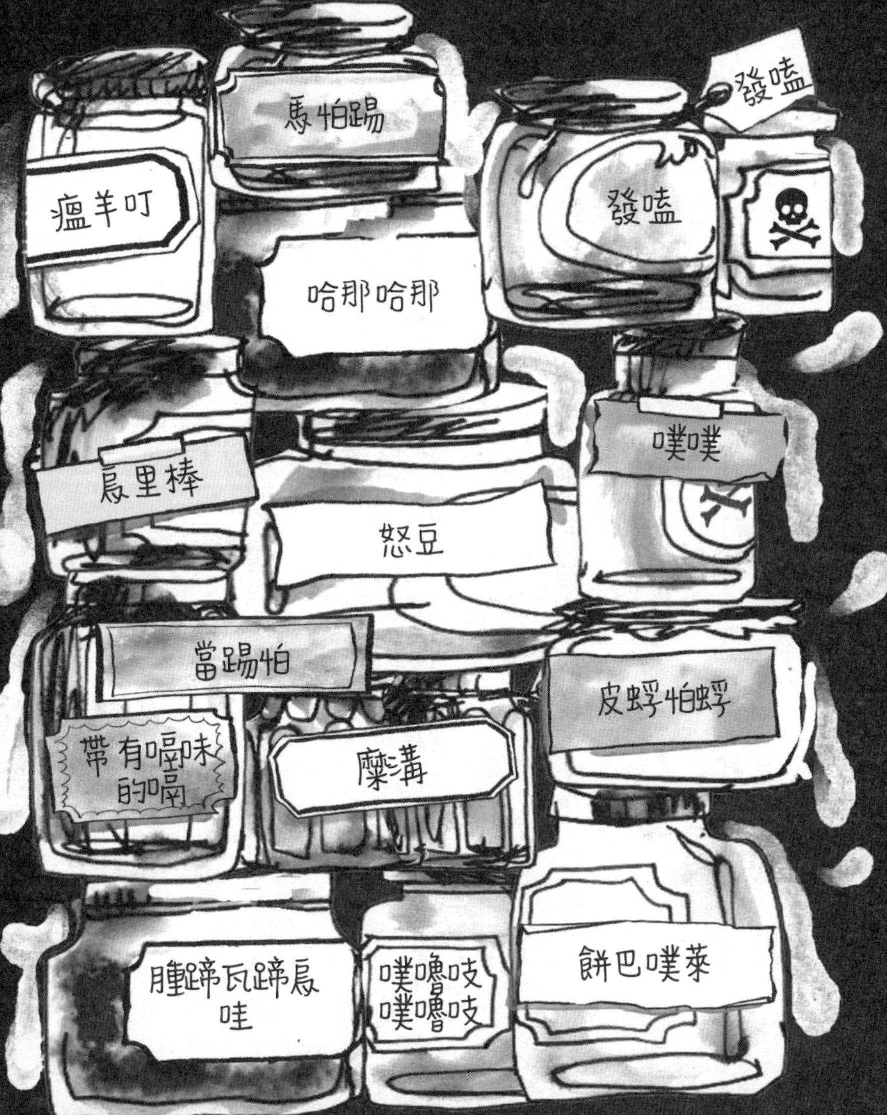

重點是，她打算拿它們做什麼呢？

男孩靠近他爸媽的房間，隔著門縫往內看，床上沒有人。現在是清晨，這對夫妻已經出門工作去了。爸爸一定是出海捕魚了，媽媽一定是到市場擺攤。

奈德很快地搜找了一下他們衣櫥的後面，結果又找到了**玻璃罐**、**玻璃罐**和更多的**玻璃罐**。

「越來越奇怪了，」他自言自語道。

然後男孩又把輪椅滑回走廊，朝他那恐怖的姊姊房間前進。

喀！唧！喀！唧！喀！唧！

奈德相信答案就藏在她房間裡。他把耳朵貼在門上聽。

「**呼嚕嚕！呼嚕嚕！呼嚕嚕！**」

潔米瑪睡得很熟，打呼聲就像蒸汽火車一樣。

她房門上貼了一張告示，上面寫著……

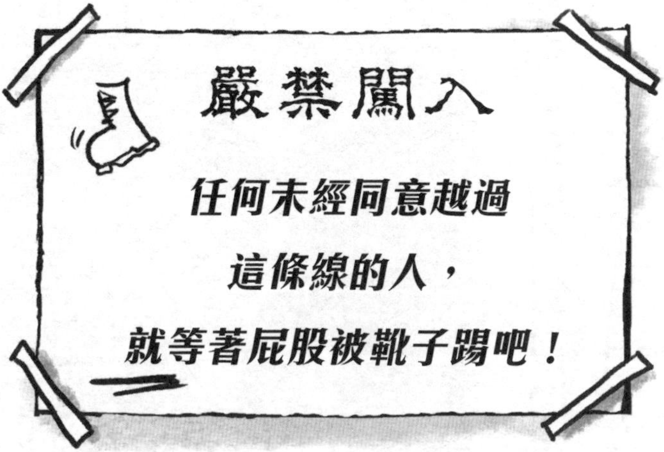

此刻是奈德的好機會。男孩深吸一口氣，盡量不出聲地打開房門……

喀！嗒！

然後輕輕地把輪椅滑進去。

喀！唧

男孩已經有好幾年都不被准許進入他姊姊的房間。難怪她不讓任何人進來。她的房間早就被**玻玻璃罐**、**玻璃罐**和更多的**玻璃罐**給塞爆了，裡頭全都裝著黏黏的東西。這裡的玻璃罐起碼有上千瓶！從地板一路堆到天花板。難怪潔米瑪得把玻璃罐藏在屋裡的各個角落，因爲她房間已經沒有地方可以塞了！她還能進出房間也算是奇蹟了！

嚴禁闖入
任何未經同意越過
這條線的人，
等著屁股被靴子踢吧！

奈德看著熟睡中的姊姊，留意到她腳上仍穿著**鋼頭靴**。他掃視她的房間，尋找線索。這裡的某處一定藏有答案可以告訴他，她到底要拿這些裝有黏糊糊東西的玻璃罐做什麼。

房間裡有個角落擺著潔米瑪的學校作業簿。奈德知道他姊姊從來不寫學校作業，所以很訝異那些簿子看起來都被翻舊了。奈德打開簿子，發現裡頭根本不是什麼學校作業。

這下完了！

全都是她打算惡整**他**的各種計畫……

第5章

末日之浴

奈德驚恐地瞪大眼睛，而且是難以形容的驚。她作業簿裡的文字和圖畫，詳盡地說明了整個計畫的始末，簡直令人發毛。

所以，這就是他邪惡的姊姊打算做的事。

這裡頭有清單、日曆、圖表、示意圖，甚至還有一本動畫冊，可以用手指快速翻頁，讓所有分解動作連在一起變成動畫。

它就叫做：奈德的生日驚喜。

而且男孩的生日……就在**明天**！

奈德生日當天，是他每年一次的**洗澡日**[4]。

在這一家人住的小木屋裡，熱水只夠一個人可以每天洗一次澡。霸占這個權利的人，自然是潔米瑪。難怪她爸媽總是渾身**魚腥味**。

但唯一例外的日子，就是她弟弟的生日。在這個特別的日子裡，潔米瑪的爸媽要求她，不得拒絕讓發臭的小奈德可以年度大洗澡。

所以潔米瑪的計畫是，明天她要在浴缸裡倒滿黏糊糊的東西。每瓶玻璃罐都會被她倒得一滴不剩，直到澡缸快滿出來爲止。然後她會在**黏糊糊**的洗澡水上面，噴出很多泡沫，讓奈德看不到藏在水底下的恐怖東西。

末日之浴

在她的作業簿裡，甚至有一張剪下來的示意圖，用來呈現洗澡水最下面的那層黏糊糊的東西。

4　我知道這聽起來不像一年洗很多次澡，就只洗一次。我個人是喜歡至少一年洗兩次澡啦。除非我已經很乾淨，不需要洗澡。有時候我會像貓一樣把自己舔乾淨。

潔米瑪知道她弟弟絕對不會起疑。畢竟這是他生日當天才有的特殊款待。奈德會以爲，這是一缸盛滿熱水的可愛浴池，於是會一屁股坐進缸裡，**然後……**

「噁！」當他發現自己從頭到腳都**黏糊糊**的時候，一定會聲尖叫。

受到驚嚇的奈德，一不小心弄丟手裡那本潔米瑪的作業簿。

砰！

女孩動了一下。

奈德屏住呼吸。

然後她只是翻了個身，又睡熟了。

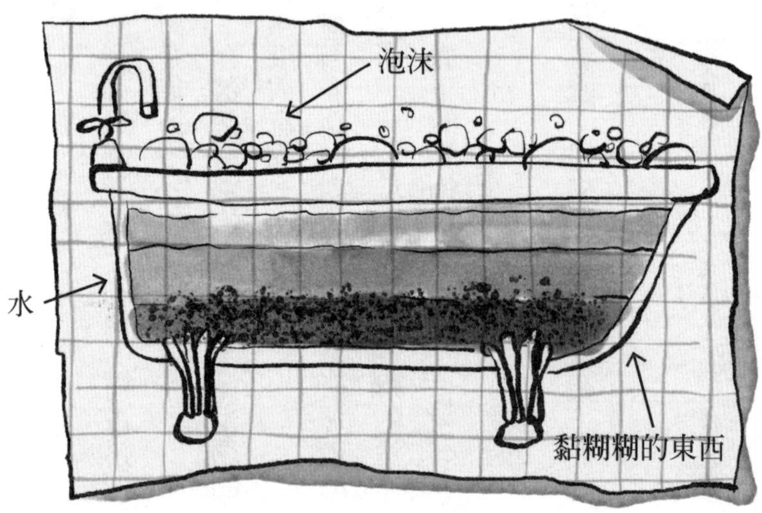

「呼嚕嚕！呼嚕嚕！呼嚕嚕！」

男孩小心翼翼地將輪椅往後滑，滑出潔米瑪的房間。他必須用倒滑的方式，因爲房裡有太多玻璃罐，根本沒有空間讓他迴轉。

喀！啷！喀！啷！喀！啷！

然後……就出事了！

匡！啷！啷！鈴！匡！啷！

他輪椅上的腳踏板，好死不死撞到地上的玻璃罐。那裡八成疊了有五十瓶玻璃罐。

奈德趕緊伸手想扶住，但來不及了，被層層疊高的玻璃罐，開始垮了下來。

倒！倒！倒！連三倒！

最上面的那瓶，正往潔米瑪的頭上砸了下來。

就在它即將從天而降時，時間彷彿同時快轉又慢動作地進行著。

差一毫毫米，就要砸到傑米瑪的頭時，奈德即時接住了！雖然他可能超級想讓這瓶**古拉姆不雷努壺**——天知道那是什麼——的玻璃罐，直接砸在他姊姊的頭上，但絕對不是現在。

這會破壞他即將出奇制勝的招數！因爲就在剛剛，他突然靈光一現。

叮！

他有了一個簡單到**啵棒**的點子！反正就是一個啵棒棒，又**啵簡單**的點子，簡稱**啵簡棒**[5]。

奈德終於可以反擊潔米瑪了！

這女孩每天早上都要洗澡。每天都洗，除了奈德生日當天。所以奈德決定**以其人之道，還治其人之身**，讓她自己親身嚐嚐**末日之浴**的滋味！

奈德悄悄地收集了屋裡，所有裝著黏糊糊東西的玻璃罐，然後帶到浴室。

奈德一安全地進入浴室，就立刻鎖上門。

喀！嗒！

他不希望潔米瑪的**末日之浴**還沒準備好，就被她闖進來撞見。

「哈！哈！」男孩自顧自地笑了起來。

外面的天色還是昏暗的，但黎明就快破曉，小鳥開始唱起歌來。

「啾！啾！啾！」

他逐一打開裝著黏糊糊東西的玻璃罐，將它們全倒進浴缸裡。

5 欲知詳細的定義，請參考你的《**咸廉大辭典**》。

這些黏黏的東西有：

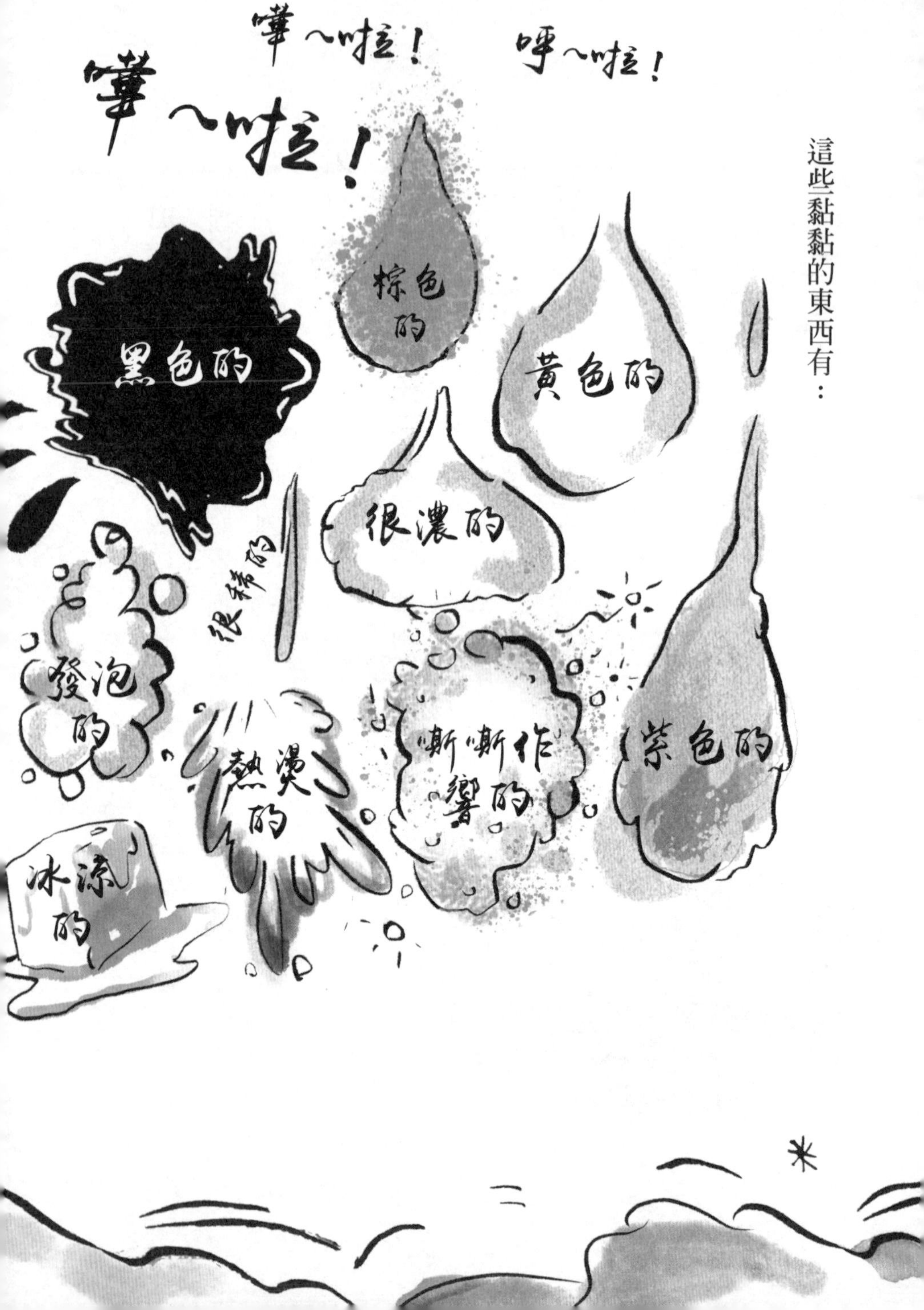

你所能想到的，各式各樣黏糊糊的玩意兒。

最後浴缸滿了。

彷彿歷經了好幾個小時，在搬運和開罐的作業完成之後，男孩早已筋疲力竭。他歇了口氣，絲毫沒有注意到後方的動靜。

咕！嚕！

不管在那個浴缸裡面的是什麼東西，

牠**正活了過來**……！

第6章

黏糊糊的怪物

所有**黏糊糊的東西**開始形成漩渦，浴缸裡出現一波波的水浪。

咻！

波浪越**打越高**……

唰！

……然後又**越轉**越低。

吵！

奈德轉過身來，眼前出現一幅可怕的景象。他張大嘴巴想要尖叫，卻發聲出聲音。

浴缸裡正上演一場黏糊糊的風暴。

咻！唰！撒！

牠噴灑得到處都是，讓整間浴室全被覆上一層**黏糊糊的東西**。

呼～啦～嘩～啦～嘩～啦～！

洗手臺、馬桶，就連奈德本身……也都全身**黏糊糊**。

然後，黏糊糊的東西在覆蓋一切之後，竟又自動剝離，

呼咻的一聲，抽了回去。

然後黏糊糊的東西開始成形。

一開始，牠的形狀是一顆巨蛋，

就像是會孵出恐龍的那種蛋，然

後那顆蛋開始上下彈跳……

接著自己砸到浴室的牆

上。

然後牠最外面的那一層，像蛋殼一樣裂開來，裡面黏糊糊的東西，緊跟著滲了出來。

滲出來的黏漿，開始不斷往上、**再往上生長**，變成了一座山。

呼！咻！

不，牠成了一座火山！

一座正在爆發的**火山**！

但是牠不是往空中噴出岩漿，而是噴出**黏答答的東西**！

咖！碰！噗～嚕～

牠把浴室的天花板噴得到處都是，

然後又往下滲回地板，變成一頭**大象**。

「**轟！**」大象發出鳴叫聲。

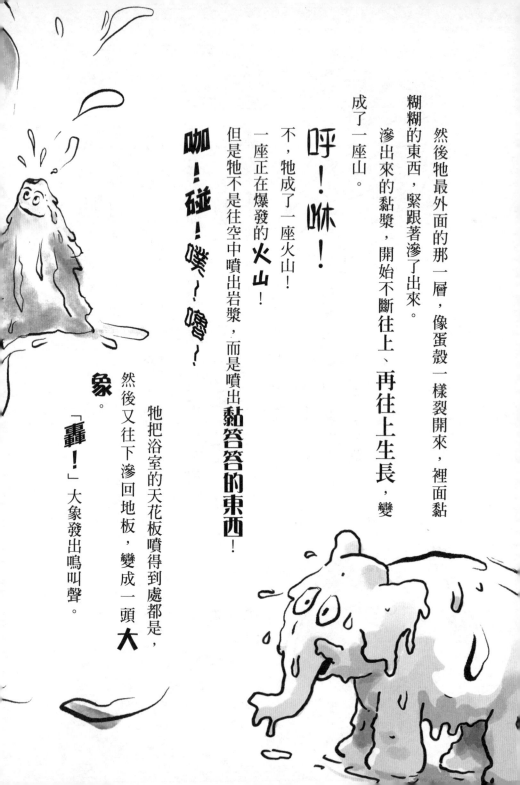

然後又變成一條鯊魚！

「嗷～嗷～」

哦，不，是一隻鳥！

啪！啪！啪！

這團黏糊糊的怪物，同時游來游去又飛來飛去。

咻！啪！咻！啪！

男孩張大嘴巴，驚愕地瞪大眼睛。

這是地球上最精采的一場秀！

而且只爲他一個人表演！

接著黏糊糊的怪物最終炸成了好幾千個碎片，成了一場煙火秀。

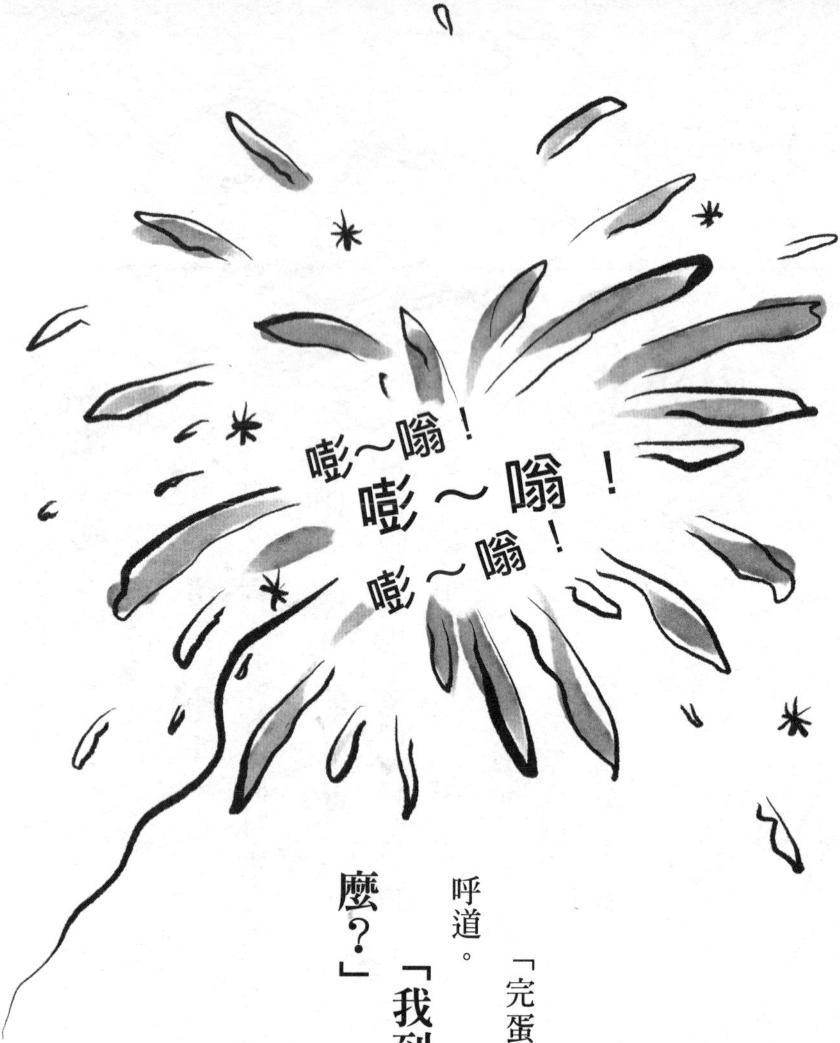

「完蛋了！」男孩驚呼道。

「我到底幹了什麼？」

第7章 糰糰相連的黏糰物

男孩那天做的事，徹底改變了歷史的軌跡。

奈德混合了上千罐黏糊糊的東西，結果創造出一種全新的物質。

這世界不再是從前那樣了。

這東西很**大**。比大還要**大**。比**最大**[6]還要**更大**，根本是宇宙超級無敵大！

6 意思就是「大」。如果你有一本**《威廉大辭典》**，就會懂它的意思。

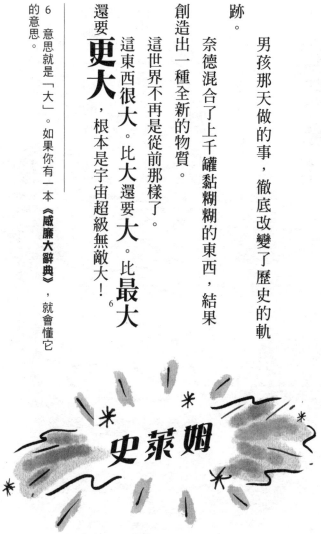

就在奈德嚇得動彈不德的時候，史萊姆開始繞著他不停旋轉。

呵～～嗚咿！

這是史萊姆旋風！

史萊風！

「完了！」奈德心想，我一定會被牠黏死。

他緊閉眼睛，放聲大喊：「啊！」

這時，神奇的事情發生了！

史萊姆捲成螺旋狀，在他頭上不斷往上旋轉，最後竟巴住天花板。

叭嘰！

然後朝男孩的方向開始往下**滲**。

牠一邊滲，一邊成形。

但不算是滲成人形。

比較像是**糰糰**相連的**黏糰物**。

如果我能秀給你看，你就會比較容易懂我說什麼。牠看起來就像這樣……

一**糰**又一**糰**很有**糰**味[8]的**黏糰物**，正從天花板上垂吊下來。

一張倒掛的黏答答大臉，正回瞪著他。

7 打開你的《**咸廉大辭典**》，找到「史」為首的詞語，就能查出它的詳細定義了。

8 《**咸廉大辭典**》裡的定義是：「一種非常非常非常非常糰的東西」。

「早安！」牠以低沉有力的聲音說道。

男孩的眼珠四處轉動，搜找浴室的各角落。

這裡沒有其他人啊！

這東西是在跟他說話耶！

「我剛說，『早安！』」牠重複道。

對一個黏不拉嘰的東西來說，牠的聲音竟然異常優雅，活像是位皇室成員。不過看上去不太可能。經過確認，皇室家族裡頭，沒有任何一位成員全身黏糊糊的。

「你……你……你是誰？」奈德結結巴巴地問道。男孩害怕得渾身發抖。

「我就是：**『你想要我變成什麼，我就變成什麼』**的那種東西。」這東西說道。

話才剛說完，這坨軟爛的黏糰物，就頭下腳上**叭嘰叭嘰**地橫行，穿過天花板。

然後再從牆壁上，一路黏下來，牠那黏糊糊的屁股，

叭嘰！叭嘰！叭嘰！

叭嘰！

叭嘰！叭嘰！

就像吸力盤一樣，黏著浴室的牆壁。

最後這東西終於站在浴室的地板上，低頭打量奈德。

「小朋友，你告訴我，你希望我變成什麼。」

「就像阿拉丁神燈嗎？」奈德興奮地問道。

「什麼是阿拉丁神燈？」

「就是你擦一擦那個燈，就會有一個精靈從燈裡跑出來，讓你許三個願望。」

這個黏糊糊的東西若有所思了一會兒，然後才回答他：**「不像，這裡沒有燈，我也不是精靈，所以沒有三個願望。」**

「哦。」奈德回答。

「而是有無限多個願望！」

「那不就是很多的意思囉？」

「沒錯！它是無限的，我想就是這樣錯不了。除非是無限個零，不過那未免也太蠢了吧！」

「好酷哦！」奈德大聲說道。

「所以小朋友，你希望我變成什麼呢？我可是千變萬化的哦，可以變成任何東西。」

「看你是要一頭河馬！一群蜜蜂！還是一條超大的女用燈籠褲！」

牠說話的同時，形體也跟著變成牠說的每樣東西。**「想想看，就算是很大很大的東西也可以！帆船、人面獅身像、跟樹一樣高的香腸、壓路機……」**

男孩一臉驚奇地看著牠以令人目眩的飛快速度，不停地變換形體。

「交響樂！」

牠話才剛說完，巨大的鼓聲就瞬間響起。

嘭嗡！

這個黏糊糊的東西，粉碎成幾百顆小球球，從奈德身邊飛過去。他這才發現，這些東西不是小球球，是音符！交響樂迴盪在整間浴室裡，音符就像蝴蝶一樣在空中飛舞。男孩驚愕地看著牠們跟著音樂，時而俯衝、時而旋轉。

「哇！哇！嗚！」他張口結舌。

然而交響樂一結束，所有小球球又立刻合爲一體。這一次牠們沒有變回史萊姆原本很有糰味的樣子。

哦，天啊！

小球球合成一條鯨魚的形體。這條鯨魚**宇宙超級無敵大**，大到塞滿了整間浴室。

牠飄浮在空中，打著自己的尾巴。

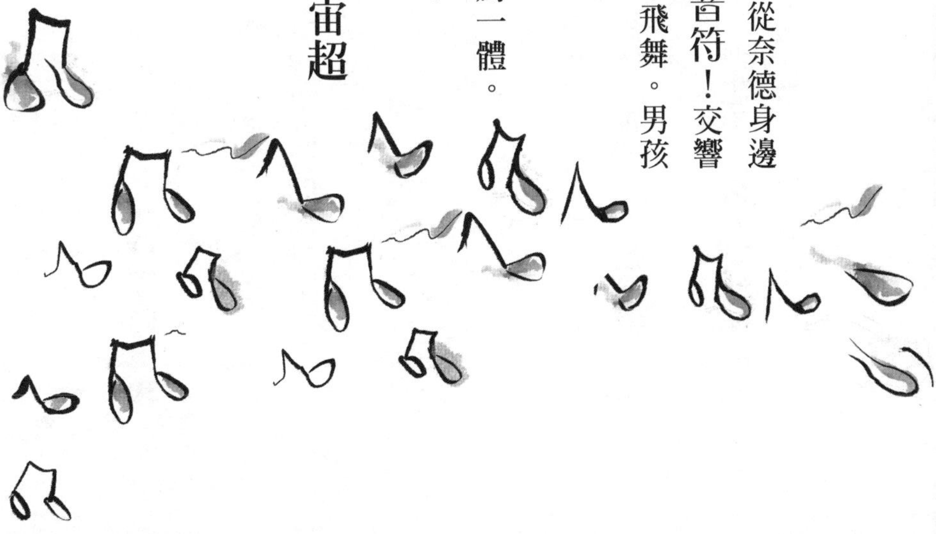

咻！唰！唦！

「我有恢復正常嗎？」牠問道　**「我總覺得我身上有魚腥味。」**

「沒有，你沒有恢復正常。」奈德大聲說道。「除非你說的『恢復正常』是變成一條特大號的鯨魚！」

史萊姆鯨魚往下一看，隨即從空中掉了下來

啪嗒！

牠就像一坨**果凍**，砸在浴室地板上。

現場一片寂靜。

奈德直瞪著牠看。不管那玩意兒是什麼，牠看起來什麼都不是，牠就是一個洩了氣的東西。牠躺在男孩輪椅旁邊動也不動，根本就是一灘黏漿

「史萊姆！」奈德喊道。他想不出來要叫牠什麼

史萊姆這個名字似乎很適合牠，「你還好嗎？

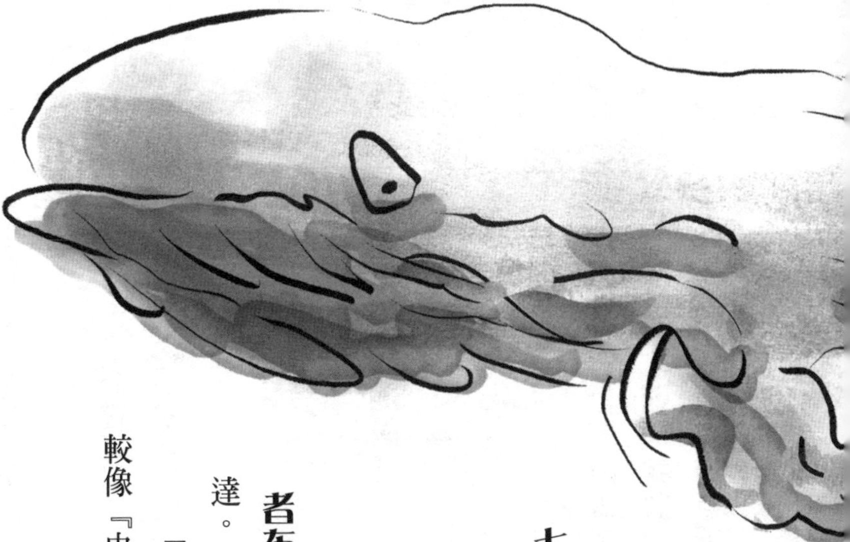

過了一會兒，史萊姆提起精神，將自己變回一坨黏糰物的樣子。

「好多了，」牠說道**「我剛剛覺得我七魂六魄都沒了。」**

「謝天謝地！」奈德大聲說道

「所以史萊姆是我的名字嗎？」牠問道

「我想不出來更好的名字。」

「呃……那羅傑怎麼樣？還是阿基巴德？或者布蘭達？」史萊姆提議道，「我覺得我很像布蘭達。」

「嗯，」男孩想了一下，「我還是覺得你看起來較像『史萊姆』。」

「那就史萊姆吧，」史萊姆說道。牠給了男孩一個古怪的表情，這已經是一個黏糊糊的黏糰物能給的，最像樣的古怪表情了。**「所以你是我的創造者囉？」**

「嗯，」奈德遲疑了一下，「我想應該是吧。」

「我不是！」

「爸爸！」史萊姆大聲喊道。

「媽媽！」

「不是！」

「那你是我的誰？」

「我想我們……嗯……」奈德一開始不敢說，但心裡有個聲音告訴他，他應該說出來……「是朋友吧。」

「朋友，」史萊姆重覆道，**「朋友！我喜歡這個字眼！對，我們是朋友！」**

男孩微微一笑，傾身過去擁抱他的新朋友，這

舉動把他自己的臉也沾得黏答答的。

「你還沒告訴我你的名字。」史萊姆突然想道。

「我叫奈德。」奈德說道。

「我有一個叫奈德的朋友。」史萊姆說道。

「史萊姆？」

「什麼事，奈德？」

「我希望你能幫我捉弄……」

「好耶！好耶！」史萊姆鼻子噴氣說道，開心地搓揉著黏糊糊的雙手。

「一個已經捉弄了我一百萬次的人。」

就在這時，浴室門傳來搥打聲。

碰！碰！碰！

「你到底在裡面幹什麼？」門外傳來質問聲。那當然是潔米瑪的聲音。

「奈德，你現在就給我出來。不然我就把門踹開！」

「不會就是她吧？」史萊姆問道。

「你怎麼猜到的？」男孩回答，臉上帶著淘氣的笑容。

第8章

屎拉得特別響

「我再說一遍，『你到底在裡面幹什麼？』」浴室門外又傳來喊叫聲。

「沒什麼！」奈德撒謊道

「沒什麼?!」潔米瑪大吼。「我剛剛才聽到火山爆發的聲音，之後又有很多音樂，最後還有某種很大條的魚！」

史萊姆看起來似乎想發表點意見。也許是想盡責地糾正女孩，鯨魚其實不是魚，而是哺乳類動物

奈德轉頭朝向他的朋友，使用國際通用的手勢，伸出食指抵住嘴唇，意思是要牠別出聲

令人驚訝的是，就算是黏糊糊的東西做

的史萊姆，竟然也懂得這個手勢的意思。

「我只是……屎拉得特別響。」奈德隔著浴室門，慌慌張張地說道。

「特別響？」她大聲喊道。「根本是在打雷吧！現在就把門給我打開！就是現在！不然我就用靴子踹開它。」

砰！咚！砰！咚！

那是**鋼頭靴**在踹門的聲音。

「打開它！」史萊姆說道。

「什麼？」奈德驚呼道。

「我們來捉弄她！」

「現在？」男孩問道。

砰！咚！砰！咚！

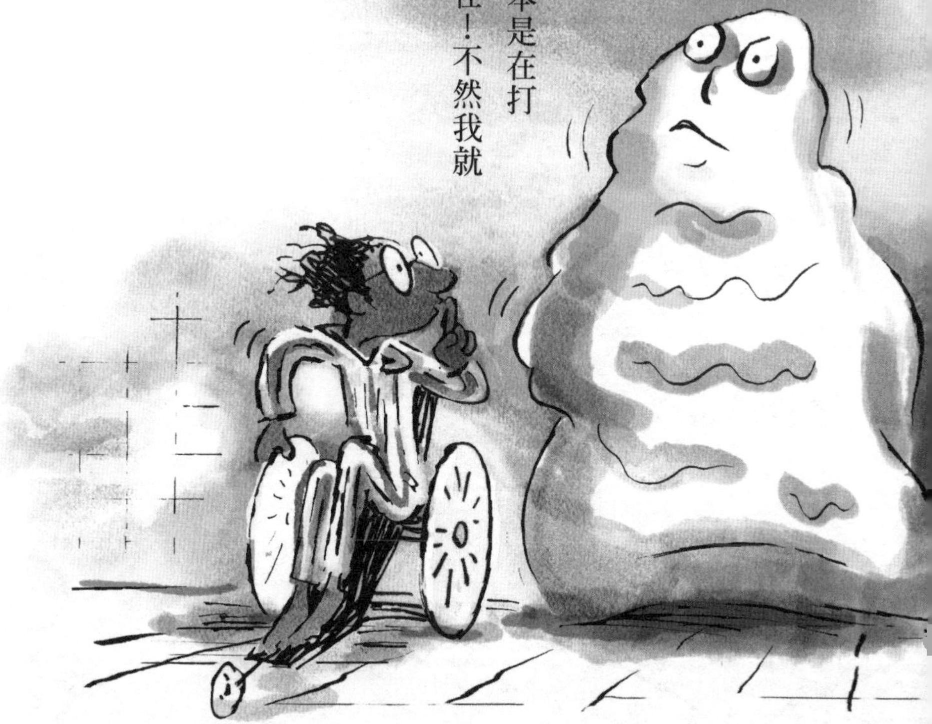

「好耶！好耶！」

史萊姆大聲說道。

砰！咚！砰！咚！

被踹裂的木片，噴飛進浴室。

「我應該變成什麼？」史萊姆問道。

「也許變成一個巨大的靴子吧！把她踹回去！」

「就這麼辦！」史萊姆回答，同時開始唏哩呼嚕地，變成一個**巨無霸靴子**。

砰！咚！砰！咚！

浴室門上的絞鏈被踹壞了，部份的牆壁也跟著被踹破。

門板倒下來砸到地板……

砰！

浴室裡頓時塵土飛揚。

大家突然什麼都看不到了！

「奈德！」潔米瑪吼道，「你在哪裡？」

奈德不敢出聲，這時黏糊糊的巨無霸靴子，或稱史萊靴[9]從漫天塵霧裡憑空出現。

「這什麼……？」潔米瑪問道。

女孩想用靴子去踢，結果卡進黏糊糊的巨靴裡。

「啊啊啊！」她放聲尖叫。

奈德忍不住笑出聲。「哈哈哈！」

「奈德！」潔米瑪尖聲喊道。「你敢笑我，看我怎麼踢你屁股！」

「不不不，」史萊靴回答，「是我踢你屁股！」

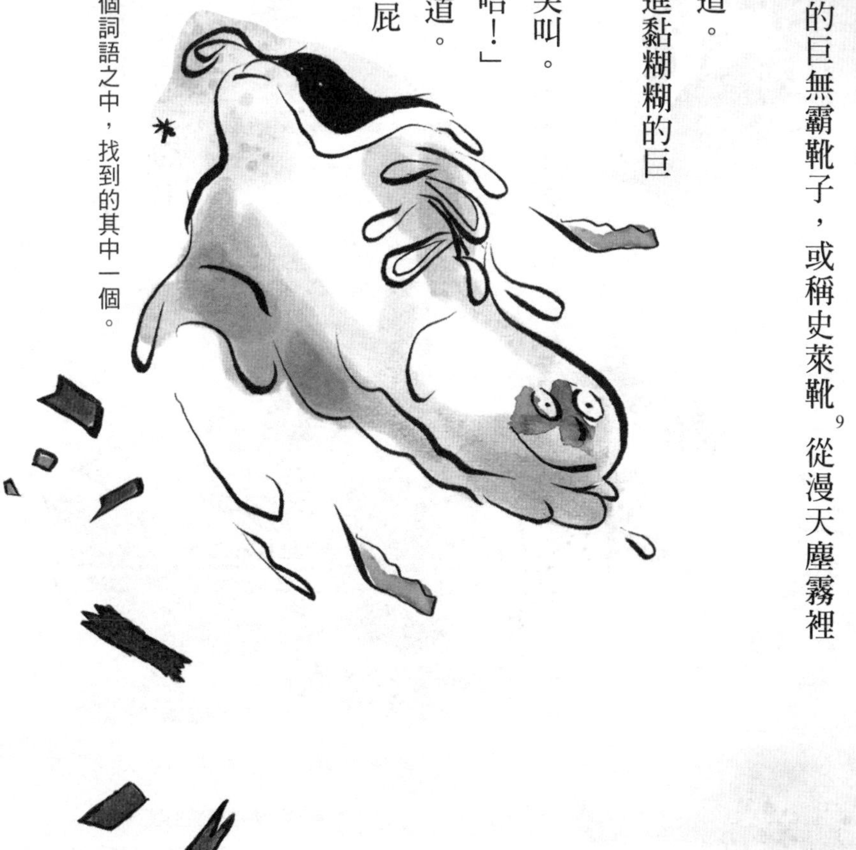

9 這是你可以在**《威廉大辭典》**裡數十億個詞語之中，找到的其中一個。

話才說完，史萊姆就放開女孩的靴子。跌落在地板的潔米瑪，雙膝跪地，雙手撐地，腳上另一隻靴子也就順勢飛出去。

「先跟妳說再見囉！」史萊靴說道。

然後迴旋一踢……

噗呼！

女孩的屁股被黏到不行的靴子，一腳踢中。

「啊——！」她放聲大叫，沿著走廊一路飛了出去。

咻！

最後落在客廳的沙發上。

潔米瑪馬上從沙發上跳了起來，沿著走廊大步走回去。

咚！嘟！咚！

「奈德，等我逮到你，我一定要把你從這裡踢到隔壁島去！」

「史萊姆，我們得離開這裡！」奈德大聲說道，「而且要快！」

「可是要怎麼離開？」史萊姆問道，牠現在又變回一坨黏糊物了。

奈德抬起眼看著浴室裡那扇小小的窗戶，它就在馬桶的正上方，比貓咪進出用的活動門沒大多少。「那是唯一的出口。」他指著窗戶說道。「可是我的輪椅絕對鑽不過去！」

「你今天不需要輪椅啊！讓我來當你的翅膀吧！」

「翅膀？」男孩當場愣住。

史萊姆唏哩呼嚕地變成一雙**翅膀**，黏在奈德的肩上，開始拍打起來。

啪！啪！啪！

男孩覺得自己正從輪椅上騰空飛起，飄浮空中。

「哇嗚！」他大聲喊道。

翅膀鑽不進去窗戶，於是史萊姆一邊撐住男孩，一邊將自己唏哩呼嚕地變成一道溜滑梯。

咚！嘟！咚！

奈德趕在潔米瑪走進浴室前，咻的一聲滑下溜滑梯，逃出窗外。

「奈——德！」潔米瑪放聲大喊。

但，男孩自由了

第9章 史萊姆球

奈德快速滑下黏糊糊的溜滑梯

呼咻！

他家的小木屋佇立在可俯瞰大海的懸崖邊。

要是男孩不停止溜下去，就會從崖邊摔落，撞到嶙峋的岩石，一命嗚呼德

奈德看見溜滑梯的底部正快速地朝他正面撞了過來，嚇得他放聲大叫：

「啊！

他緊閉雙眼，不敢去看即將發生的慘劇

但……一眨眼間，這條黏糊糊的溜滑梯越變越長，越變越長，牠彎來扭

去，讓男孩覺得自己就像用屁股坐在滑梯上面，卻玩著三百六十度旋轉的雲

飛車一樣。

「啊！」他又放聲大喊，但這次是歡樂的喊叫聲

他從來沒有玩得，這麼這麼開心過

史萊姆滑梯轉了個彎，繞過崖邊，朝小木屋附近野地綿延而去。滑梯這時變得越來越肥厚，直到牠不是一座滑梯

完了，牠變成一座黏糊糊的溜冰場

黏糊糊的溜冰場，是一處像溜冰場的空地，但上面不是冰……想也知道……都是黏糊糊的東西！叫做**史萊場**[10]！整片野地現在都被黏糊糊的東西覆蓋，奈德用屁股滑行，穿越史萊場

呼咻！

「嗚呼！」他放聲大喊。

10 史萊場是百分之百正確的字眼。請查看你的**咸廉大辭典**。

最後他終於停了下來。

然後史萊姆又以令人目眩的速度，唏哩呼嚕地轉化形體。牠把黏糊糊的邊緣向上捲起，將自己包覆起來。

現在的史萊姆整個包了起來，變成一顆巨球。

一顆史萊球！

牠沿著田地到處滾。

喀唧！

小奈德就被包在裡面！

然後史萊球開始彈跳。

牠彈、彈、彈。

牠彈起，並且

越過一隻羊。

「咩！」

咚！

牠彈起，並且越過一道樹籬！

沙沙！

咚！

現在牠正沿著一條小路彈跳。

正前方，奈德聽到有牽引機正在接近。

牽引機的強力聲響越來越大。

嘟！嘟！嘟！！

嘟！嘟！嘟！！

牽引機正朝他們直衝而來。

嘟！嘟！嘟！！

「小心！」奈德尖聲喊道，他不確定這個時候的史萊姆眼睛究竟長在哪裡，畢竟牠現在是顆巨型彈跳球還什麼的。

咚唷！

奈德感覺得出來，這顆史萊球彈到了高空。

呼咻！

他聽見牽引機從他下方經過的聲音。

嘟！嘟！嘟！！

就在奈德慶幸自己沒被牽引機碾過去時，竟又捲進另一波恐慌裡。之所以恐慌，是因爲他所身在的黏巴球，正彈跳到高空，高到竟然撞進一群海鷗裡了。

「嘎！」

其中一隻海鷗居然在啄史萊球……

叩！叩！叩！

我啄、我啄、我啄啄啄！

澎！

奈德瞬間從空中墜落。

「救命啊！」他大喊道。

但史萊姆動作很快，牠呵！！嗚咿地衝下去，超前他，唏哩呼嚕地變成一張蹦蹦床。

一張史萊蹦蹦床！[11]

奈德高速撞上史萊蹦蹦床，又反彈到高空。

嘣嚶！

然後又再彈一次

男孩臉上出現大大的笑容。他沒有死！而且正在彈跳

嘣嚶！嘣嚶！嘣嚶！

「呀~~比！」他開心地放聲大叫

但他高興得太早了。因爲他低頭一看，發現底下的史萊蹦蹦床不見了！

「不要！」他哭喊道

直墜而下的他，趕忙四處張望，但不管怎麼找，都找不到史萊姆

11 學聰明點，去找一本**咸廉大辭典**吧！

他心想，完了，一切都結束了。

下方的路面，正快速朝他迎面撞來。就在這時！

咻咿！

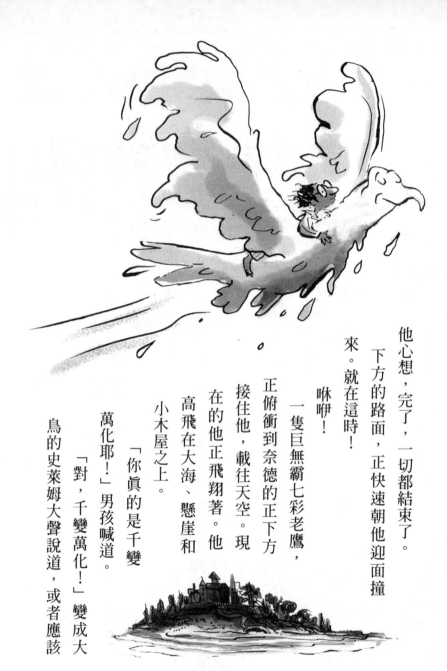

一隻巨無霸七彩老鷹，正俯衝到奈德的正下方接住他，載往天空。現在的他正飛翔著。他高飛在大海、懸崖和小木屋之上。

「你眞的是千變萬化耶！」男孩喊道。

「對，千變萬化！」變成大鳥的史萊姆大聲說道，或者應該說牠「史萊鳥」[12]。

從高空看下去，麻趣島似乎小不拉嘰。房子看起來很小，森林看起來很小，人看起來也很小。事實上，人小到跟螞蟻一樣。至於螞蟻，那就更是小到不能再小了。

這是奈德在他短短的生命歷程裡頭，從未感受到的某種東西。

那就是一種力。

史萊姆力！

史萊姆力！

男孩創造出一種足以改變所有事情的東西。

麻趣島上全都是討厭的大人。大人害小孩都過得很悽慘。現在，奈德可以報復這些討人厭的大人了。不只是爲了他自己，也爲了島上所有的孩子。

對奈德來說，要展開復仇，最好的時機莫過於……

現在！

12 請在**咸廉大辭典**裡查閱以「史」為字首的詞語。

第10章 憤怒校長的規定

「朝這個方向飛！」飛在空中的男孩大聲喊道。「你看，那是我以前的學校。我想介紹我那個可怕的校長給你認識！」

「好耶！好耶！」史萊姆回答

大鳥拍著翅膀，開始朝一座可俯瞰大海、令人生畏的哥德式建築，俯衝而去

建築外面有一塊大招牌寫著：

麻趣噁心小學

鐘聲響起。

叮鈴！

這是上課鐘。在麻趣小學，上課時間早得很不合理，

黎明破曉就要開始上課。因爲校長喜歡這樣。於是，小朋友得半夜起床才能準時到校。這是很折磨人的地方。

奈德一想到，等一下降落在操場時會引起的騷動，便情不自禁地笑了起來。

黏糊糊的大鳥雙腳一落地，就先把奈德安置在一張長椅上，再唏哩呼嚕地變回一坨黏糰物，陰森聳立在男孩後方，宛若一大塊黏糊糊的陰影。

「我們給憤怒校長做一點事，讓他生氣吧！」男孩開口道。

「好耶！好耶！」

果不其然，在看到一隻黏糊糊的大鳥降落操場之後，所有老師都從學校建物裡跑出來指指點點，大聲喊叫。

「我真不敢相信！」其中一位喊道。

「我才不敢相信！」另一位接著喊道。

「我會相信，但我還是不敢相信！」第三個再喊道。

麻趣小學的學生，都把臉貼在教室的玻璃窗上往外看。他們太害怕老師了，不敢在沒被老師允許的情況下，擅自跑到外面的操場上。

這時，一個肩上披著黑色長袍的男子，從建物裡怒氣沖沖地走了出來。他極度戲劇化地，不停甩動他的斗篷，活像自己是甩著披風現身的吸血鬼──德古拉伯爵。

咻！

那件長袍只是他的教師袍，卻爲他營造了一種，他向來喜歡的邪惡氛圍。

這位擔任校長的憤怒校長，有著一顆大光頭，看起來活像一顆蛋……一顆上面畫著八字鬍的蛋。每次他發飆，八字鬍就會翹起來。他其實經常發飆，頻率多到幾乎大半時間都在發飆。

我們來看一下憤怒校長一天的憤怒量表好了。

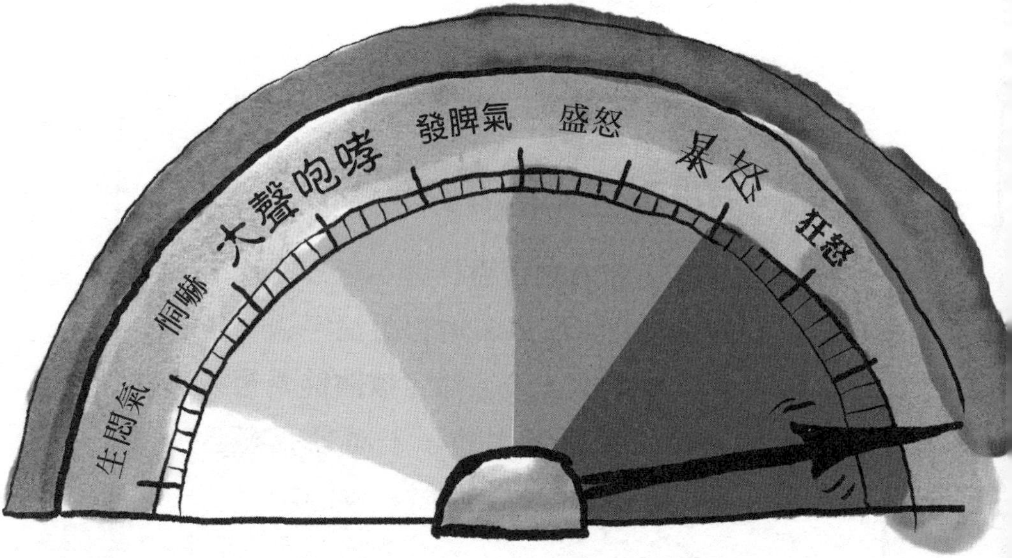

你可以看得出來，他的憤怒其實都在爆表，完全不受控。

憤怒校長會對麻趣小學的所有學生發飆。因爲這是唯一的一所學校，所以等於島上的所有小朋友都被他罵過。比較幸運的人，只是用木尺打幾下，比較倒楣的人除了被木尺打幾下之外，還會被開除學籍。

「絕對禁止大鳥降落在操場上！」他一邊朝奈德走來，一邊發飆，就算校規裡沒有明文規定黏糊糊的大鳥，不能降落在操場上，校長也有自信可以發明出這條校規。憤怒校長在他恐怖統治麻趣小學的這三十年間，已經發明了一長串他自以爲是的校規。

憤怒校長的校規

i）不准拿我跟蛋做比較。蛋沒有八字鬍，但是我有，所以不用再討論下去。任何人拿我跟蛋做比較，都會被開除學籍。此外，我的頭比蛋大多了，而且我有耳朵。上次我還特地查過，蛋沒有耳朵。

ii）若無校長的同意書，不准在學校建物和附屬場地裡放屁。就算你在接板球時，不小心放了一個屁，也會被開除。

iii）不准在學校大笑。你來學校的目的不是為了大笑，但歡迎任何一種形式的哭泣、嗚咽或嚎哭。這世上最好聽的聲音，莫過於小孩的哭泣聲。任何人被聽到正在大笑的話，都會被賞一頓木尺，再開除學籍。

iv）沒有任何遲交作業的藉口。我不管你家的屋子是被龍捲風捲走，還是你被外星人綁架，都不構成理由。如果你的作業晚一秒鐘交，就會被開除學籍。

v）不准抱怨學校的主餐。鞋子魚非常美味，而且可以用在學校餐廳裡的任何菜色。

鞋子魚抹醬

鞋子魚派

鞋子魚炖菜

鞋子魚咖哩

鞋子魚蛋糕

鞋子魚果味牛奶凍

鞋子魚慕斯

鞋子魚驚喜餐（竟然是用鞋子魚煮的，所以當然是驚喜）

任何人被偷聽到在抱怨學校的主餐，就得被迫吃完那份主餐，再被開除學籍。

vi）不准把校服的領帶綁錯方向，細細的那一條要綁在外面，寬寬的那條要綁在裡面。任何人被發現把校服領帶綁錯方向，就會被抓住領帶，甩轉幾圈，再從窗戶丟出去，開除學籍。

vii）不准在操場上玩耍。下課和午休時間，只准站在雨中無所事事。不能玩任何遊戲。任何小孩被逮到在玩遊戲，都要被罰站在外面淋雨，然後被開除學籍。

viii）在學校建物及附屬場地裡不准有任何巧克力。任何巧克力都會被我親自沒收。然後由我親自將它吃掉，銷毀這些巧克力。任何人拒絕交出巧克力，並不會被開除學籍，而是先被綁住腳踝，頭下腳上地吊掛在窗戶外面，直到交出巧克力為止。等我吃完他們的巧克力之後……也只有在這個時候……才會開除他們的學籍。

ix）不准在上課時打噴嚏。這會影響上課。如果你覺得鼻子很癢，好像要打噴嚏了，看在老天的份上，請等到回家之後再打噴嚏。任何人在學校被聽到打噴嚏，就會像從鼻子裡噴出來的鼻涕一樣，被開除學籍。這是一個很妙的比喻，因為小孩就像是鼻涕。

x）不准抱怨學校校規太多。任何人被發現在抱怨這件事，都不會被開除學籍，因為我不會讓他們如願，反而會讓他們每年留級，強迫他們一輩子都待在學校裡。只要問賈爾斯老頭就知道了。他已經九十二歲了，但一輩子都待在學校裡畢不了業。

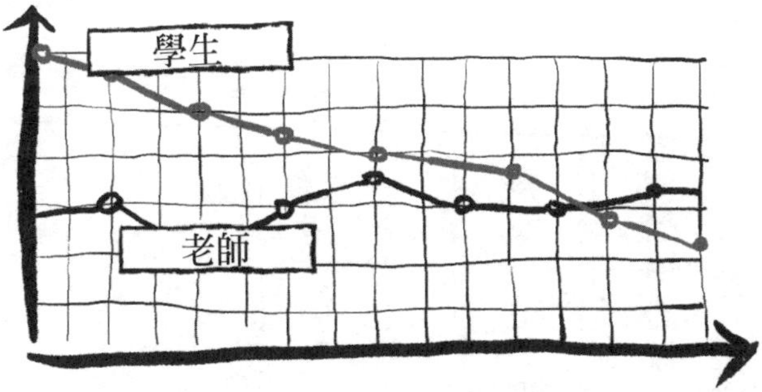

奈德是學校過去幾年來，幾百個被開除學籍的學生之一。校長開除學生的數量已經多到，現在學校老師的人數已經多過學生，就像這張簡圖所示。

現在奈德回來了，他準備好要

第11章

著火的屁股

憤怒校長一直很小心，不敢把學校裡的所有學生都開除。因為如果全都開除學籍，就沒有小孩可以被他開除了。而他很愛開除小孩的學籍。有一次，有位小孩第一天來上學，就因爲一蹦一跳地走過學校大門，而被開除學籍。這對憤怒校長來說是全新的記錄，他把一個才來上學不到三秒鐘的學生給開除了。

至於奈德，這男孩只是大笑，就因此違反規定被開除學籍了。

「哈！哈！哈！」

在這裡幫憤怒校長說句公道話吧，這男孩大笑的原因是因爲在藝術課上，學生們得負責彩繪復活節的蛋，結果奈德把他的蛋畫得太像憤怒校長了。這對憤怒校長來說，實在太過份了，雖然看在別人眼裡挺好笑的。

「哈！」

「你，這個小鬼！」校長咆哮道，「回來我學校做什麼？你已經被開除了！」

「哈囉，校長，又見到你了。」奈德愉快地說道。他的聲音聽起來一點不擔心，反正都被開除了，怎麼可能再被開除一次。

「你帶來的這個又醜又大的怪物究竟是什麼東西啊？」憤怒校長呸口道。

「這個奸巧的小人很討人厭耶，」史萊姆喃喃說道，「我們要怎麼對付他呢？」

奈德想了一下。「我們必須給校長一個教訓。我們這些小朋友已經受夠他的脾氣了。憤怒校長經常莫名其妙地亂發脾氣。那我們就給他一些，眞的眞的眞的可以發脾氣的事情。」

「太好了，我來想一想……」

「來不及了，你這坨爛東西！」憤怒校長大吼，「我要嚴厲處罰這個男孩。你聽到了嗎？嚴厲處罰！」

話才說完，校長就掏出他藏在披風底下的長木尺衝向男孩，準備要打他。

唰！唰！唰！

木尺劃破空氣。

就在憤怒校長正要痛打奈德時，史萊姆瞬間變成大章魚。一隻史萊章魚[13]！

史萊章魚的其中一條觸腳，纏住校長手裡那把木尺，另一條觸腳，圈住對方的腳踝。

憤怒校長還來不及喊「開除」，史萊章魚就把他高舉在空中。

奈德抬頭看見以前的校長，倒栽蔥地吊在上面，不由得大笑出聲。

「哈！哈！哈！」

「小子，我會找你算帳的！」憤怒校長尖聲大叫。

「我不確定你可以哦。」男孩回答道。

---

13 只有像**咸廉大辭典**這樣一流的字典，才會有收錄這個詞語。

「放掉他！」操場上的老師們都在喊叫。

「其實我是不介意你們留他在那裡啦，」留著鬍子的副校長嘴裡咕噥道。貪欲老師巴不得能因此爬上學校裡的高位。

「我的好朋友，再來要怎樣？」史萊章魚問

道。

「把憤怒校長拿來轉一轉吧，就像他平常轉動手裡的木尺一樣。」男孩回答道。

「我是不介意放掉他啦。」

於是史萊章魚把憤怒校長轉得越來越快，越來越快，就好像憤怒校長正在露天遊樂場裡，玩一種能讓你爽爽吐[14]的高空旋轉機

14 三杯吐、跳跳吐，這些詞語都能在你的**威廉大辭典**裡找到，這本字典在所有不良書店裡都有上架哦。

「現在把他放掉！」奈德下令道。

史萊章魚觸腳一鬆，憤怒校長立刻被拋飛出去。

呵！！嗚咿！

「啊！」他放聲大叫，迅速飛衝到雲層之上。

當下現場一片靜默，因爲憤怒校長看起來好像隨時都有可能衝進外太空。

這時，一個尖嘯聲劃破死寂的空氣，操場上的所有眼睛都在搜找天空。

「他在那裡！」奈德大聲喊道。

「眞可惜。」貪欲老師嘟囔道，同時搓搓他的鬍子。

早晨的天空出現微微發亮的紅點。紅點開始往下墜，奈德大聲驚呼：「重返大氣層的憤怒校長，他的屁股著火了！」

在你跟我抱怨這個情節之前，請先讓我愼重告訴你……這是有科學根據的！

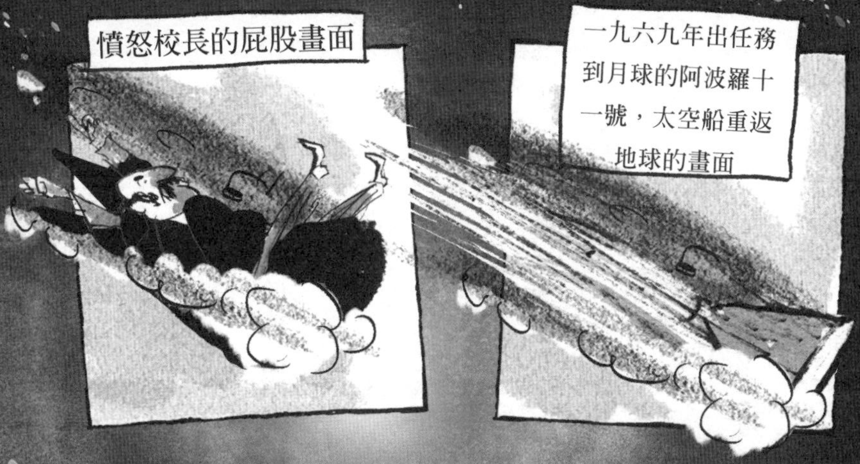

「啊啊啊！」從天際墜落的憤怒校長，嘴裡不停狂喊。

還好校長很幸運，最後墜入海中。

嘩啦！

然後是嘶嘶作響聲……

滋！

海水澆熄了憤怒校長屁股上的熊熊火燄。

然後校長就大喊：「救命啊！我不會游泳！」

「我們別太倉促行事，」貪欲老師評論道，「有誰想先喝點茶再吃個餅乾？」

奈德朝史萊姆點頭示意。他們不能讓他淹死。

史萊章魚於是伸出其中一條觸腳，越伸越長，越伸越長，直到探進海裡。

把正在海中載浮載沉的校長撈起來，丟回操場。

啪嗒！

看到校長狼狽的模樣，所有老師都只能強忍住笑意。

「哈！哈！哈！」

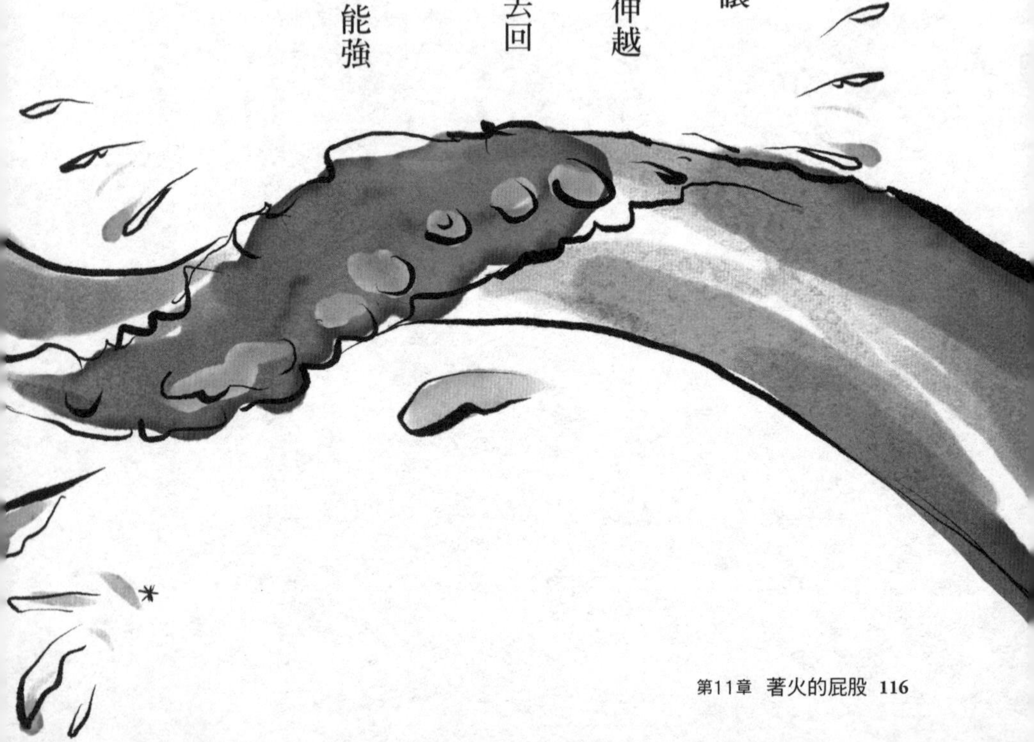

憤怒校長全身濕透，褲襠被燒光。每個人都看得到，他那因急速下降，還在熾燙的紅股，看起來就像狒狒的屁股一樣紅通通。

所有小朋友都把臉貼在教室窗戶上張望。現在連他們也在嘲笑自己的校長。

「哈！」

笑得最大聲的莫過於賈爾斯老頭，就是每年都被留級一年的那個九十二歲學生。他在麻趣小學當學生的時間比誰都長。精確來說已經八十七年。

「哈！哈！哈！」賈爾斯老頭笑得太大力了，連

假牙都噴出來，撞上窗戶的玻璃。

喀啷！

但這只是害他笑得更大力。

「哈！哈！哈！」

要是憤怒校長真的是顆蛋，他現在應該也變成炒蛋了。

「再見了，校長！」奈德語帶諷刺地開心喊道。

史萊章魚變成一顆熱氣球，**史萊氣球**[15]，迅速將男孩從長椅上帶走，飛上天空。

「我的木尺！」憤怒校長大吼道。

好巧不巧，史萊氣球瞬間丟下木尺，鏘！！一聲剛好正中校長的頭。

「哈！哈！哈！哈！哈！哈！哈！哈！哈！哈！
哈！哈！哈！哈！哈！哈！哈！哈！哈！哈！哈！
哈！哈！哈！哈！哈！哈！哈！哈！哈！哈！哈！
哈！哈！哈！哈！哈！哈！哈！哈！哈！哈！哈！
哈！哈！哈！哈！哈！哈！哈！哈！哈！哈！哈！
哈！哈！哈！哈！哈！哈！」所有小孩都在大笑。

「拜託你們快回來把他收拾掉吧！」貪欲老師大喊道。

15 如果你不相信我，就去查你的**咸廉大辭典**吧。

第12章

鐵石心腸

坐在黏糊糊的熱氣球裡面的奈德正飄浮空中，他俯看這座被他稱爲家小島。

麻趣島的玩具店……妒嫉玩具專賣店就在離學校的不遠處

「在那裡！」他對史萊姆喊道

「那我們下去囉！」他的朋友回答道

妒嫉兄弟玩具專賣店

這家玩具店的老板是一對雙胞胎兄弟，妒嫉家的艾德蒙和艾德門。這對兄弟搭檔的打扮一模一樣，穿著一樣的背心，打著一樣的領結。他們的頭髮對那兩張皺巴巴的老臉來說未免太過年輕了，頭髮被刻意燙過，髮色也被染得太黑，黑到都有點偏藍了。

不過艾德蒙和艾德門最爲人詬病的是，他們惡劣的行爲。

這對兄弟很討厭小孩。

有些人認爲他們開玩具店的

目的，就是爲了可以更討厭小孩。對麻趣島的小朋友來說，這裡是島上唯一一家玩具店，所以沒有別的選擇。如果他們想要玩具，就一定得去妒嫉玩具專賣店。

爲什麼艾德蒙和艾德門這麼討厭小孩呢？

因爲他們妒嫉小孩。

這對雙胞胎很不甘心自己一直在老去。他們多年來對彼此的冷言冷語、嘲諷挖苦、和苦言諷語[16]，早就將他們練得鐵石心腸。他們互相厭惡的程度，幾乎等同於對小孩的厭惡程度。

妒嫉玩具專賣店不是普通的專賣店。這裡除了有一般玩具店都找得到的玩具車、洋娃娃和遊戲之外，這對雙胞胎還加了一些只有這家店才有的驚喜玩具……

16 這個詞語是有**咸廉大辭典**的批准認可。你還需要其它認可嗎？

妒嫉玩具專賣店裡賣的蛇梯棋，方格裡頭沒有梯子，只有蛇！

滑滑！

一具鈴聲從來沒停過的玩具電話，絕對會吵到你發瘋！

鈴！鈴！鈴！鈴！鈴！鈴！鈴！鈴！鈴！

鈴！鈴！鈴！鈴！鈴！鈴！鈴！鈴！鈴！

鈴！鈴！鈴！鈴！鈴！鈴！鈴！鈴！鈴！

鈴！鈴！鈴！鈴！鈴！鈴！鈴！鈴！鈴！

一台暗藏機關的搖搖馬，搖擺的速度快到，會害騎在上面的小孩，被拋飛出去。

蹦！

一個洋娃娃，不只會哭出眞的眼淚，還會大一次便、甚至兩次便！噗嗚！

被他們做過手腳的手術遊戲。當你碰到邊緣的時候，不會有電子嗡嗚聲，反而會直接觸電，它的電力強到會把你拋飛出去，最後反而變成是你需要動手術。

九十九萬九千九百九十九片的拼圖遊戲。但外盒上面寫的卻是「一百萬片拼圖遊戲」，因爲這對可怕的雙胞胎兄弟，已經偷偷移除其中一片了。等你花了八百年的時間，終於要拼到最後一片時，才發現根本無法完成！

一台玩具三輪車，但座椅已經被他們拆掉，改裝叉子，所以當你坐上三輪車去踩腳踏板的時候，屁股都會哇哇痛[17]。

噗喔！

這些都是令小孩聞風喪膽的完美玩具。

現在奈德決定扭轉局勢。

17　這是一個你在這世上最值得信賴的參考書裡頭，找到的真實詞語，不用我再多作介紹。各位先生女士，男孩女孩，它就是**威廉大辭典**。是我致贈給這個世界的一份好禮。

第13章
發條機器人

很久以前，奈德曾經愛上妒嫉玩具專賣店裡一個很特別的玩具，這是他爸媽絕對買不起，也沒辦法送給他的玩具。奈德的爸媽都是很窮苦的小人物，他們從早到晚工作，才能讓餐桌上有食物可吃。

那個玩具是一個發條機器人。它是金屬做的，方方正正，有燈光和呼呼響的聲音，就像一般的發條機器人一樣。男孩曾在雙胞胎玩具店的櫥窗，看到它，每天晚上從學校放學回家的路上，他都會停下來盯著它看。

它很完美。

奈德知道這台發條機器人，不會只是一個玩具而已……它會是一個朋友。男孩和他的機器人朋友可以一起冒險。他們會駕著太空船，大戰外星人軍隊，探訪遙遠的星球，而且還能及時趕回家喝茶。

就在奈德作著白日夢的同時，艾德蒙和艾德門正在他們的櫥窗後面，盯著目不轉睛的奈德，接著衝出店門外。

「小鬼，快走！」艾德蒙會大聲叫嚷。

「該死的小鬼！」艾德門也會跟著附和。

「我只是看看而已！」奈德會出聲抗議。

「不准你用眼睛把我們珍貴的玩具給看舊了！」

「如果你沒有要買你在看的這個玩具，就滾吧！」

「絕對不准走進我們的店裡！」

然後這對可怕的兄弟，就摔門回到玩具店裡。

嗶嗡！

店門上有個牌子寫著：

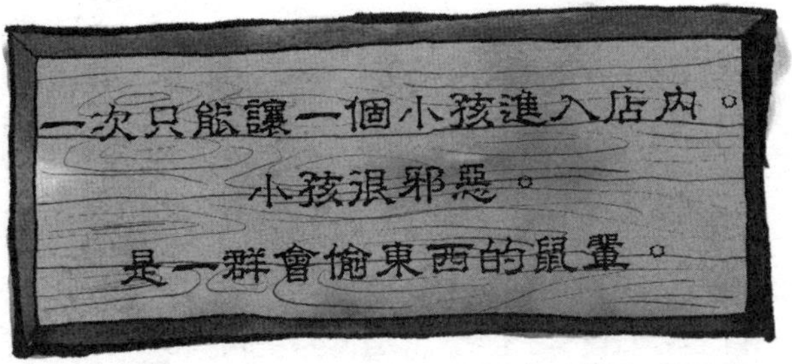
一次只能讓一個小孩進入店內。
小孩很邪惡。
是一群會偷東西的鼠輩。

等到過了好多年、好多個月和好幾個禮拜後，奈德終於存夠零用錢，可以幫自己買到那台機器人了。於是某個星期六的早上，他滑著輪椅進到店裡。

叮～～鈴！門上的鈴鐺響起。

但奇怪的是，店裡空無一人。

「哈囉？」他喊道。「有人在嗎？」但沒有人回答。

忐忑不安的奈德，從櫥窗裡拿出發條機器人，帶到收銀台那裡。可是男孩還是連半個人影都沒看到。這時……

「噗～～嗯！」

雙胞胎突然從櫃台後面跳了起來。艾德門嘴裡戴著嚇人的尖牙，做出吸血鬼的招牌表情。艾德蒙則在手指上套著尖爪，露出狼人的招牌模樣。

這對兄弟就是喜歡嚇唬小孩。

奈德被嚇得趕緊將輪椅往後滑。

喀隆！

「你們爲什麼要這樣？」他氣急敗壞地說道。

「萬聖節快樂！」雙胞胎兄弟同時出聲。

奈德想了一下，「還有六個月才萬聖節啊。」

「在妒嫉玩具專賣店裡，每天都是萬聖節。」艾德門說道。

「我們不需要有一個特定的日子專門來嚇小孩。」艾德蒙說道。

雙胞胎兄弟低頭看著被男孩拿在手上的發條機器人。

「所以你終於把你很寶貝的那一點零用錢，全都存起來了，是嗎？」艾德門說道，臉上帶著憐憫的神情。

「是啊！」男孩回答。他把放在自己破舊輪椅旁邊的存錢豬公拿出來。

豬公裡頭真的存滿了錢。奈德一個禮拜的零用錢是一便士……這是他爸媽僅能給的額度。男孩存了又存，存了又存，不斷地存。直到昨天晚上，奈德把所有便士拿出來數，開心地發現自己已經存夠買機器人的錢了！

雙胞胎兄弟一把抓起豬公，將硬幣全倒在櫃台上。

叮噹啷！叮噹啷！叮噹啷！

這對又老又邪惡的兄弟，發現自己得數算這麼多硬幣時，不免惱火。這裡應該有成千上百個硬幣吧。

這時奈德注意到艾德蒙正在跟艾德門咬耳朵，兩人臉上隨即露出詭笑。

「我去拿個袋子來。」艾德門輕聲說道。

「你去吧，艾德蒙。」艾德蒙說道。

「不對，你才是艾德蒙。」

「我是嗎？」艾德蒙說道。

「是啊，我是艾德門。」

「你確定？」

「相當確定。」

「我還以爲反過來。」

「不是，絕對不是。」

「哦，」艾德蒙說道，一頭霧水，「好吧，那你去拿，艾德門。」

「謝謝你，艾德門。」艾德門回答道，說完才恍然大悟自己說錯了，「唉呀，你害我也說錯了。」

男孩一臉狐疑地旁觀。這對妒嫉雙胞胎兄弟眞是神經病！

艾德門悄悄走了，這時艾德蒙開始數算櫃台上的硬幣。

「一便士、兩便士、三便士……」

奈德低頭看著握在手裡的發條機器人。這個他渴望多年的美妙玩具，終於要成爲他的了。

「五便士、六便……」

蹦嗡！

男孩耳朵旁邊突然出現震耳欲聾的爆炸聲。

奈德被嚇到把手裡的發條機器人當場丟在地上。

喀啷！

它跌碎了。

鏘！

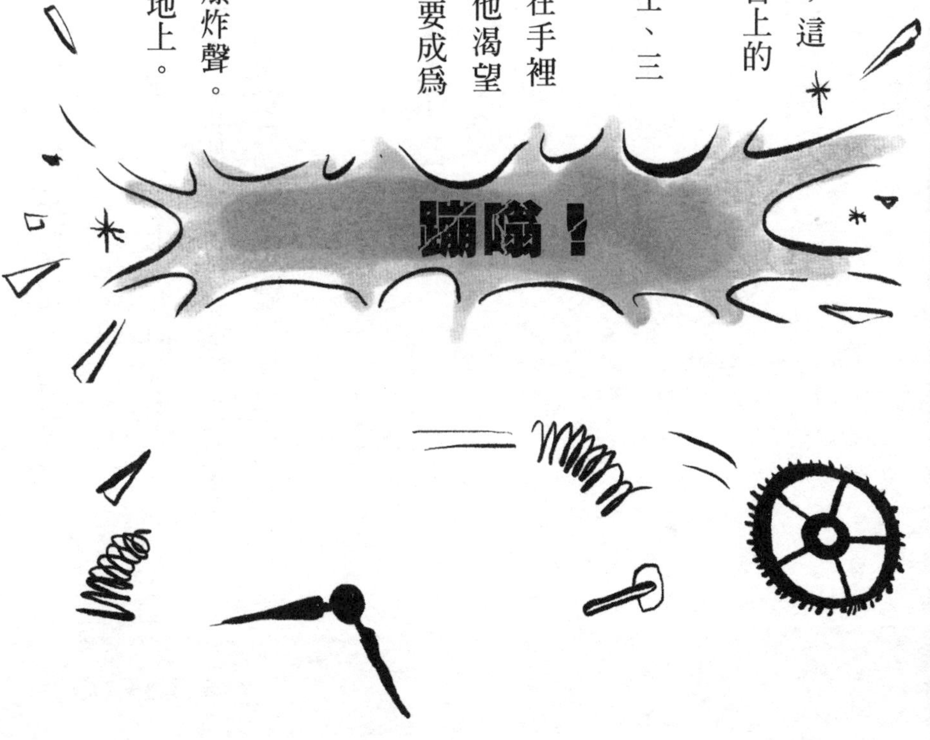

奈德哭著從輪椅低下身，去把它們撿起來。但是沒有用……機器人毀了。

艾德蒙還在算錢。「七便士，八便士，九便……」

弓著背的男孩，感覺有人正從他後方陰森逼近，於是他轉頭去看。是艾德門，雙胞胎之一的他，手裡還拿著剛剛被爆破的棕色紙袋。

「唉呀！」艾德門說道。

「真的是唉呀了。」艾德蒙跟著附和。

「這個討人厭的矮冬瓜，把我們的玩具摔壞了。」

「小孩都很邪惡。」

「尤其是這個冒失鬼。」

「所有損壞都得全額賠償！」

「可是……可是……可是……」奈德哀求道，「這不是我的錯！」

「就是你的錯！」

「是你故意嚇我的。」

「嚇你什麼？」艾德門故作一臉無辜狀。

「我什麼也沒聽到哦。」艾德蒙撒謊道。

「我要走了！」奈德大聲說道。

男孩伸手去抓撒在櫃台上的硬幣，艾德蒙及時掃走硬幣。

叮！咚！噹！

「錢是我的！」男孩哀求道。

「你根本沒在聽！」艾德門齜牙低吼。

「所有損壞都必須全額賠償！」艾德蒙重覆道。

「可是……」

「沒有可是，小鬼，現在就給我滾！」

男孩心情沉重地滑著輪椅，離開妒嫉玩具專賣店。

奈德才滑到門口，轉頭就看見那對邪惡的兄弟笑到岔氣，跌坐在地上。

「哈！哈！哈！」

「我們把他解決了！」

「徹底解決了！」

奈德當初對於發生的一切，只能感到無助。但今天他終於有能力可以扭轉局勢，以及改變其他很多很多類似的遭遇。

第14章

這世上最令人厭惡的玩具

黏糊糊的熱氣球，降落在妒嫉玩具專賣店布滿露水的屋頂上。

啪嗒！

叮鈴！

鈴鐺響起，玩具店的店門被打開。坐在屋頂的奈德，看到一個小女孩的頭正鑽出店門。一頭捲髮的女孩，臉上布滿淚水，手裡抓著一個無頭的洋娃娃。

「嗚唔！」她正在嚎啕大哭。

屋頂上有塊瓦片，突然鬆脫掉落在地面。

咖！啦！嗡！

滿頭捲髮的女孩抬頭張望了一下。

「奈德？」

「噓！」奈德要她別出聲。

女孩擦乾眼淚並點頭答應，隨即跑回家去。她才剛從奈德的視線裡消失，邪惡雙胞胎就走出了店門外。

「哈！哈！哈！」他們大笑。

「艾德蒙，又是一個很滿意的顧客。」其中一個人愉快地說道。

「又來了，都已經一百萬次了！」另一個人則不耐煩地打斷道，「你才是艾德蒙，好嗎？」

「是我嗎？」

「對！」

「那誰是艾德門？」

「是我！」

「你確定！」

「進店裡去，艾德蒙！」

「誰是艾德蒙？」

「是你！」

話說完，兩個兄弟就爭先恐後地走進店裡。他們同時進門，結果被卡了一會兒。

叮～～鈴！

躲在屋頂上的男孩，小聲地對他朋友說：「等一下你聽到我喊『史萊姆』這幾個字時，就從煙囪下來。」

「史萊姆？」史萊姆問道，這時牠已經變回一坨黏糰物了。

「沒錯，史萊姆。」

「所以現在下去？」

「不是，等我說『史萊姆』的時候。」

「你剛又說了。」

「我的意思是，等我下次說它的時候。」

「說什麼？」

「『史萊姆！』」

「現在下去？」

「不是！你小聲一點，免得被他們聽到！」奈德說道，「你要注意聽那個神奇的字眼。」

「所以還有一個神奇的字眼？」史萊姆越聽越糊塗了。

「不是，不是啦，『史萊姆』就是那個神奇字眼。」

「你又說出來了。」

「等我下次說出它的時候。」

「等你下次說出『它』的時候？」

「你眞的很煩耶，史萊姆！你先讓我下去！」

史萊姆把自己變成一根桿子，讓男孩滑到地面。

接著史萊姆把局部的桿子分離出來，變成一台大摩托車，讓奈德騎在上面。

一台黏糊糊的摩托車。

一台「史萊摩托車」[18]。

叮鈴！

帶著得意笑容的奈德，加速衝進妒嫉玩具專賣店。

蹦嗡！

店裡仍舊空無一人。

「哈囉？」男孩喊道，「有人在嗎？」

一片寂靜，然後……

「蹦！」

艾德蒙和艾德門突然從櫃台後面跳起來。艾德蒙頭上裝著頭部中箭的惡整道具，艾德門則戴著頭部被斧頭砍到的道具。

「哦，好嚇人哦！」男孩諷刺地說道，他仍鎮定地坐在他的野獸機車上。

邪惡的兄弟一臉不悅。

「我們沒想到你還會回來。」艾德蒙說道。

「對啊，我回來了。」奈德挑釁地說道。

「這摩托車看起來真噁心！」艾德門不屑地說道。

「這是一頭怪物。」奈德說道，同時提高引擎的轉數。

---

18 **咸廉大辭典**。蹦嗡！

WOW

蹦嗡！蹦嗡！蹦嗡！蹦嗡！

「這玩意兒很好笑。」艾德門說道。

「不光是好笑，是怪得好笑。哈哈！」艾德蒙附和道。

「我們要它立刻離開我們的專賣店！現在！」

「如果你是爲了那個被你砸碎的機器人，前來要求我們退款，門都沒有！

「不，不，不，」奈德回答，「我不是爲了那個。我只是好奇你們有沒有一種特別的玩具……」

「玩具？玩具？」艾德蒙霹哩啪啦地說道。「這裡是艾德蒙和艾德門的妒嫉玩具專賣店，是全島最棒的玩具店。」

「是島上唯一一家玩具店。」奈德直言道。

「也是最棒的！」艾德門補充道。

「小鬼，你在找什麼玩具？」艾德蒙問道。

「一顆絕對不會停止彈跳的彈跳球嗎？」艾德門提議道，同一時間從櫃台後面拿出一顆，丟在地板上

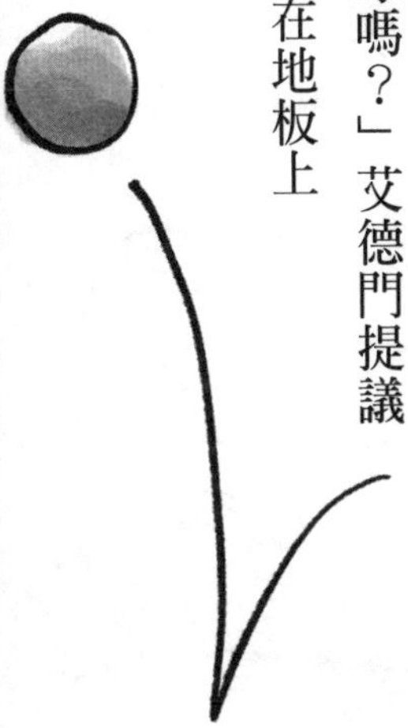

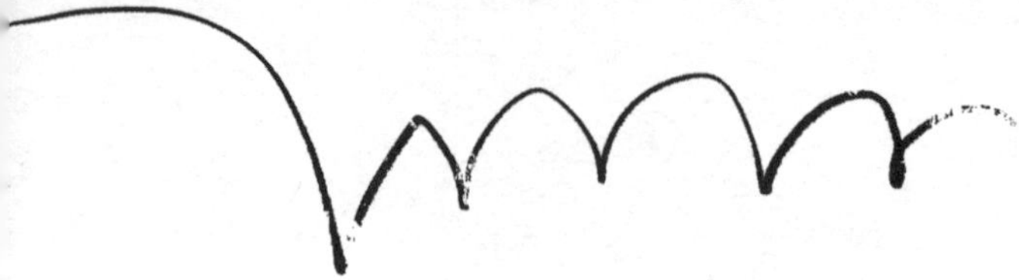

蹦嚶！

「還是要一個會爆炸的橡皮鴨？」他的雙胞胎兄弟打岔道，「最適合用來洗一場註定葛屁的澡。」隨即把計時器的開關一扭，然後衝到門口，丟到馬路上。

濃稠的白色液體，濺滿整片窗戶。

啪嗒！啪嗒！啪嗒！

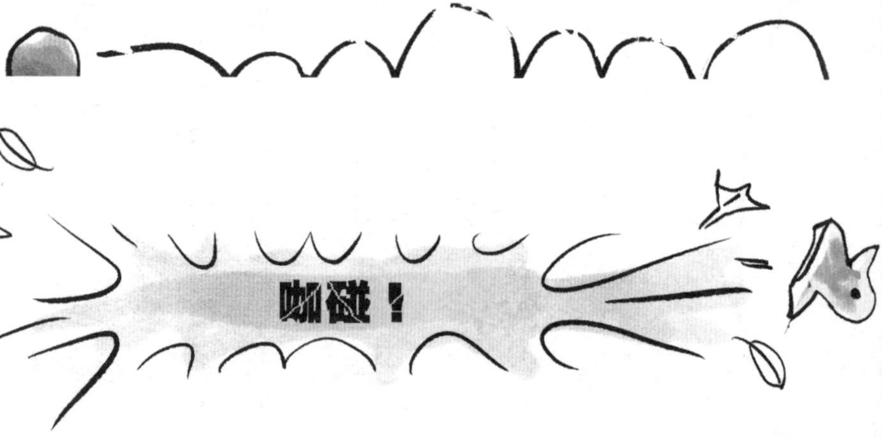

清晨正在巡迴送貨的牛奶車，剛好被炸個正著。送牛奶的工人拿著裝滿空瓶的籃子，正要回去開車，看到這幅景象，表情呆滯。

「沒有任何母音字母的拼字遊戲？」艾德門拿出這款他們惡搞過的經典遊戲。

「還是連子音字母也沒有！」

這對邪惡的兄弟一想到這點子，就吃吃竊笑。

「哈！哈！哈！」

面對他們的惡搞，男孩只是搖頭，臉上仍掛著微笑。奈德一點也不著急，事實上，他決定盡情享受這一切。

「一隻超大超可愛的狼蛛，怎麼樣？」艾德門低沉說道。

「牠咬下去的同時，會噴出眞正的毒液哦！」艾德蒙補充道。

啪滋！

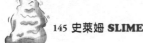

「還是，一把可以射出整顆馬鈴薯的馬鈴薯槍？」艾德門一邊大聲說道，一邊按下扳機。

嗶嗡！

馬鈴薯直接破窗而出。

啪唧！

「噢哦！」

「用我們的臭屁灌出來的一顆氣球？」艾德蒙繼續說道，同時把氣球洩出一點腐臭的氣。

噗！嚕！

「那是什麼大便味啊？」奈德驚呼道。

它真的很臭！

「我們的新款蛇梯棋，裡面有活生生的蛇哦！」

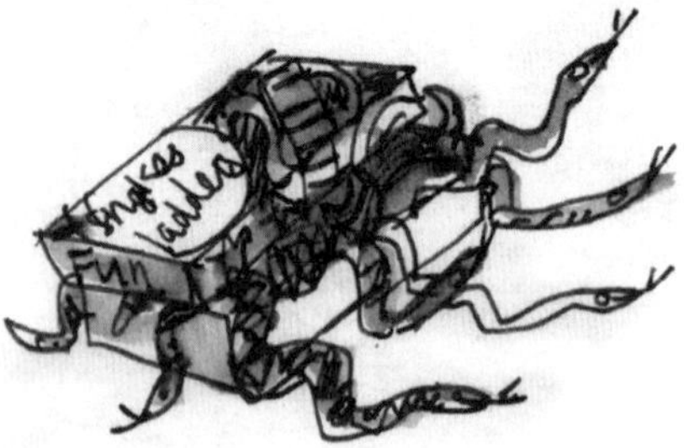

這對兄弟打開盒子。奈德大驚失色，他眞的看到幾百條蛇在裡面蠕動。

「嘶嘶嘶嘶嘶嘶嘶！」

男孩啪的一聲，關上盒子。

「都不是，」奈德厲聲說道。「我要的是別種東西。一種比你們提議的，還要更令人作噁和討厭的東西。」

雙胞胎看看彼此，一臉苦相，彷彿在問：「更令人作噁和討厭？」

「小鬼，你倒是說說看。」艾德門不滿地說道，「在妒嫉玩具專賣店裡，我們非常自豪，我們賣的都是這世上最令人噁心和厭惡的玩具。」

「我知道啊，」奈德同意道，「島上所有小孩也都知道啊。但是有一個玩具保證連你們也會被嚇到。」

「哈！哈！哈！」這對兄弟吃吃竊笑。

「我們是天下無敵的嚇人雙胞胎，我嚴重懷疑還有什麼東西能嚇到我們！」艾德蒙大聲說道。

「好吧，那我們就等著瞧囉，妒嫉家的艾德蒙和艾德門……」男孩開口道。

「我還以爲我們兩個都叫艾德門。」艾德蒙說道。

「閉上你的嘴！」艾德門嘶聲說道。

「妒嫉玩具專賣店的妒嫉兄弟，艾德門和艾德蒙，讓我爲你們介紹一種最神奇的玩具……」奈德深吸口氣，然後大喊：

第15章 巨無霸娃娃軟糖

沒有動靜。

妒嫉雙胞胎那兩雙目光銳利的眼睛，先是四處搜找專賣店內的各處，然後又移回男孩身上。

「小鬼，你在叫什麼？」艾德門質問道

「我們就站在這裡啊！」艾德蒙也說道。

奈德頓時慌張起來。史萊姆待在高高的屋頂上，一定是沒聽到。

我說，我要介紹你們兩個認識一個最神奇的玩具……史萊姆！

只有一個辦法了。

叫更大聲！

「我說，我要介紹你們兩個認識一個最神奇的玩具……史萊姆！」奈德重覆喊道。

還是沒有動靜。

計畫趕不上變化。

「史萊姆！」男孩又大叫一次。

沒動靜。

完全沒有。

一點也沒有。

妒嫉雙胞胎互看一眼。

「究竟爲什麼你要一直叫著『史萊姆』啊？」艾德門問道。

「因爲你叫得夠大聲，牠就會神奇地出現。」

「哦！」

「哦！」

「眞的，」奈德強調道，「我們一起喊好了數到三哦，一、二、三……」

可是他們還沒喊出史萊姆三個字，史萊姆就出現了！牠從煙囪裡洩了下來，再從壁爐流出來妒嫉玩具專賣店裡，到處都是史萊姆的黏液

咕嚕！

「對不起，我來晚了！」史萊姆喊道。「我剛去大便！」

奈德一臉不解。他完全不知道史萊姆也需要便。牠要大什麼呢？更多黏糊糊的東西嗎？沒時間想這個了，因爲這家店一下子就要遍地都黏糊糊的了。

咕嚕！咕喔！

「完了啦！」雙胞胎大喊道，這一次輪到奈德哈哈大笑了。

「哈！哈！哈！」

黏漿已經淹到那兩個男人的膝蓋了。史萊姆順勢將男孩帶走，放上櫃台。

「出去！」艾德門對著滿地黏漿，大聲吼道。

「走開！」艾德蒙喝斥道。

「滾出去！」他們兩個同時喊道，但是店裡的黏漿還是越積越多。

咕嚕！咕嚕！嗚！

「史萊姆，我們開始吧！」奈德開口道。

「好的，奈德。」史萊姆回答道，牠現在已經淹到他們的脖子了。

「我要你稀哩呼嚕地變成十二個小孩！」

「什麼？」妒嫉兄弟大聲驚呼。

「你是說只要十二個嗎？」史萊姆淘氣地問道。

「那我們就好心一點，變出一百個好了。」男孩回答。

「不！」雙胞胎兄弟大喊。

即使不願意，他們也莫可奈何。

沒一會兒，史萊姆就開始自我分裂成一百個小黏糰，全都長得像小孩的形狀，沒多久，店裡就多了一大群**巨無霸軟糖娃娃**。

「小孩！」艾德門尖聲大叫。「小孩！到處都是小孩！」

「小朋友們，」奈德喊道，「你們想玩店裡的什麼玩具，就去玩吧！」

「不行！」

艾德蒙哭喊道。

但是已經阻止不了。

各種大小、形狀、顏色的小孩，開始動手拿走貨架上的玩具，直到妒嫉玩具專賣店裡，幾乎空無一物。

妒嫉雙胞胎試圖阻止小孩，把玩具搶回來，但就會有另一個巨無霸軟糖娃娃趁機從背後走過來，拿著玩具狠狠敲他們的頭。

呼！

「噢哦！」

在這些巨無霸軟糖娃娃裡頭，有一個塊頭最大的軟糖娃娃，它衝到櫃台那邊，奈德於是撐起身子，跳上它的肩膀——

叭嘰！

「該走了！」奈德下令道。

其他巨無霸軟糖娃娃，都乖乖地跟在他後面走出去，每一個都自豪地拿著自己的玩具。

妒嫉玩具專賣店出事的消息，一定在島上傳了開來。因爲那個滿頭捲髮的女孩又回來了，這次她還帶了她的朋友一起來。他們都是來自麻趣島各個地方的小孩，全都等在店門外。巨無霸軟糖娃娃們，依序送給每位小孩一件玩具。

「謝謝你，奈德！」

「你好厲害！」

「這太棒了！」

「雙胞胎兄弟活該！」

「哇，酷！」當孩子們帶著戰利品匆忙離開時，隨口喊道。

店裡的艾德門和艾德蒙，因此一蹶不振。他們跪在地上，絕望地嚎啕大哭。

「嗚嗚！嗚嗚！嗚嗚！嗚嗚！嗚嗚！嗚嗚！」

奈德慢慢打開店門，隔著門縫突然大喊：

「啊！」

雙胞胎兄弟驚聲尖叫。

第16章

綠油油的完美草地

從高空俯瞰下來，島上公園盡收眼底。史萊姆已經唏哩呼嚕地變成一頭翼手龍，這頭會飛的爬行類動物，曾在數百萬年前叱吒整片天空。

奈德現在跨坐在牠背上，臉上帶著爽

歪歪[19]的燦笑。

對公園裡的任何一個人來說，天空出現一頭足以令天色黯淡無光的翼手龍，絕對是一幅恐怖的景象。但這也不是說麻趣島公園裡，有過什麼人影。畢竟公園管理員禁止任何人進入公園。

貪心姨媽葛麗塔指派老兵傲慢上尉，擔任島上公園的管理員。這個人對他的王國或者說「園國」[20]很是自豪，根本不准任何人踏入。

你可能會在公園裡看到一塊牌子寫著：不准踐踏草地。

但很少見到牌子寫著：不准站在這條小路上。

也從來不曾見過有塊牌子寫著：不准進入公園。

因此，毫無疑問地，這位公園管理員維護出一座最完美的公園，而且不只是全島最完美，還是全世界最完美的公園。

那裡的草地綠油油的。不會太褐、不會太黃。要是有一片草葉有一點變色，傲慢上尉就會用他特製的傲慢機具，將自己吊在草地上方。這可是女王護衛隊前任隊員——傲慢上尉，自己發明的裝置。它是用一台絞車、一條背帶、一些繩索和一個滑輪組成。傲慢機具可以讓上尉垂吊在草地上方，絕對不會碰到草地。

19 **威廉大辭典**裡有這個字，所以請不要懷疑它的存在。還有什麼證據更能證明它的存在呢？

20 我承認這是我剛剛捏造出來的字，已經放進重量級**威廉大辭典**第二冊裡，它的頁數超過一百萬頁。

然後他會掏出整套二十四支綠色簽字筆，各種你能想到的綠色，沒有其它顏色。

接著垂掛在地面上的上尉，會開始幫已經變色的葉片上色，以便完美吻合其他所有草葉的顏色。當公園管理員聽見頭頂上方，有史前動物的拍翅聲時，就正垂掛在草地上方。

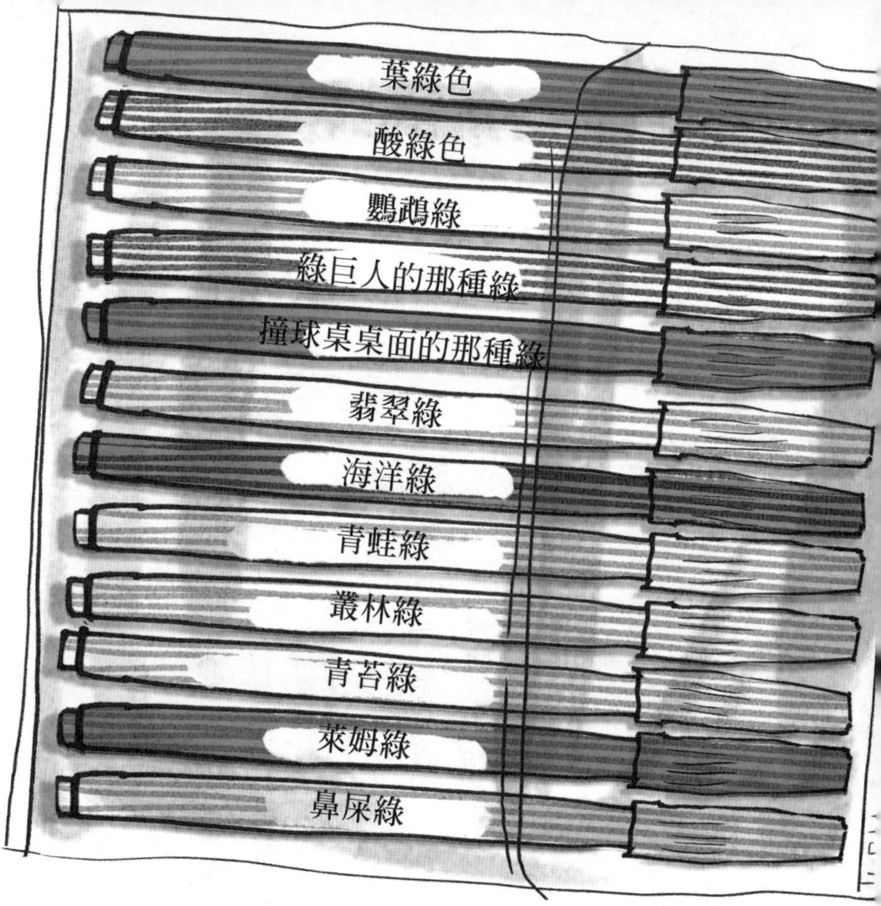

啪！啪！啪！

這位公園管理員絕對沒想到，今天竟然能看到一頭會飛的爬行類動物。

在傲慢上尉還是軍人的時候，曾因爲在叢林裡服役過，而目睹許多可怕的東西。他曾經……

醒來後發現一條蟒蛇，趁他睡覺的時候，正慢慢吞食他的右腳。

「啊！」

「嘶嘶嘶嘶！」

曾經被火箭砲炸到屁股。

蹦隆！

「媽媽媽呀！」

曾經踮起腳尖，小心翼翼地踩著石頭過河時，才發現河裡的石頭，其實都是會張嘴大咬的鱷魚。

曾經撞見一群大猩猩，牠們一直追著他跑，想跟他玩親親。

「嗍啊！嗍啊！嗍啊！」

「噁！」

曾被困在驚慌亂竄的象群裡……

咚！咚！咚！

後來被踩扁的他，有好幾個禮拜行軍的時候，都扁得像片煎餅一樣。

曾經看著鏡子刮鬍子，結果近看之下，才發現那不是鬍子。完了，原來是一條毛絨絨的大毛毛蟲憩在他下巴上。

「不！」

曾經猛扯一條，他以爲是用來沖馬桶的鏈子，結果發現它其實是老虎的尾巴。

「吼嗚！」

曾經在穿內褲的時候，才發現裡面爬滿蟑螂。

咖滋～咖滋～咖滋～

曾經面對一頭飢餓的河馬。這頭生物打了一個嗝，結果把他全身的衣服都吹走了。

「呃！啵！」

！！！嗡！

但最可怕的，莫過於打開洗澡帳的門，迎接他的竟是老少校正在洗澡的畫面！

不過傲慢上尉倒是從來沒見過翼手龍。這可以理解，因爲牠們好幾百萬年前就滅絕了，更別提，是一頭黏糊糊的翼手龍，背上還載著一個男孩。

「搞什麼啊？」他吼道。

因爲受到驚嚇的關係，那套二十四支綠色簽字筆，竟意外掉落草地。

啪啷！

就在他試圖撿回那些寶貴的筆時，竟不小心鬆手，沒握緊傲慢機具的操縱桿。

咿呀！

繩索開始快速繞圈。

叩！咯！叩！咯！叩！咯！

然後他就發現自己被繩索拎住腳踝，倒掛在半空中。

他只好用最不符合軍人氣質的方式，
用力前後擺盪。

咻！唰！吵！

結果他的頭撞上一棵樹。

屁股掃到玫瑰叢。

吵！

更雪上加霜的是，那頭黏糊糊的翼手龍，或稱史萊翼手龍[21]，竟把牠的大腳踩上公園的草地……還把又尖又長的爪子戳進草地裡。

「不要啊！」傲慢上尉大聲喊道，然後用力地擺盪，直到把繩索給掙脫爲止。

呼咻！

他雖然掙脫了，卻頭下腳上地栽進樹籬裡。

颯！

「吼！你是看不懂牌子嗎？你……是恐龍嗎？」傲慢上尉大聲說道，同時拍掉他西裝上的樹葉，順了順他的八字鬍。

21 這個詞語經過威廉大辭典的官方認可。

翼手龍唏哩呼嚕地變回一坨黏糰物。奈德順勢從他朋友身上，滑到公園的一張長椅上，這張長椅可是從來沒有跟屁股接觸過。畢竟那裡有一塊很大的牌子寫著：

不准坐在長椅上！

「小鬼，那玩意兒是什麼鬼啊？」上尉質問道。

「牠是我朋友。」奈德回答。

「我是史萊姆！」史萊姆說道。他伸出黏糊糊的手，想跟上尉握手。

可是那男子嫌惡地皺起鼻子。

長椅上的男孩，低頭看著腳下綠油油的草地。

「傲慢上尉，這草地今天看起來特別綠！」他愉快地說道。

「我剛說過，『不准踐踏』！我今天早上才漆過草地！」上尉抗議道，同時從胸前口袋掏出一把牙刷以示證明。

「你還有另一塊牌子，上面寫著：『不准站在這條小路上。』」史萊姆說道。

「是啊。」上尉回答。

「那我們到底要站在哪裡呢？」史萊姆問道。

「你想站哪裡都可以，只要不站在公園裡就行了。所以現在就滾！」

可是這兩個完全不想滾。

他們臉上都帶著笑容。

調皮搗蛋就要開始了！

第17章

公園大事記事簿

「傲慢，我的棒球上次滾進這片草地，對吧？」長椅上的奈德大聲說道。

「請稱呼我傲慢上尉。」那個男人大聲吼道。

「是不是啊，傲慢上圍？」奈德回答，故意作弄這個傲慢人。

「是上尉！這件事我記得很清楚，」公園管理員說道，「所有大事都記在我的公園大事記事簿裡。讓我查一下……」

那個男人從西裝口袋裡，掏出一本小小的紅皮筆記本，封面上壓印著幾個字：公園大事記事簿。

「讓我看看……一月一日，」傲慢上尉開口道，同時翻閱簿子，「那是一個讓人很不愉快的新年，爲了找到被風吹進公園裡的那張糖果紙，媽呀，我整整花了七百個小時。當時整個地方都被封鎖起來，直到丟糖果紙的禍首說，找到糖果紙了，並且被罰錢了事爲止。」

奈德看著史萊姆，史萊姆看著奈德。兩人互相翻著白眼。

「二月十四日，我的媽媽呀，這花了我九百個小時，有隻鴿子在新上蠟的公園長椅上拉屎，於是所有鴿子都被抓進公園棚子裡，一隻隻問話，直到其中一隻咕咕大叫，招認了爲止。」

奈德和史萊姆看著這個愚笨的矮子，忍不住嘆了口氣。

「啊，有了！在這裡。三月三日！」傲慢上尉興致昂然了起來。「總共花了我一千一百個小時，有一顆籃球從附近操場飛越圍牆，掉進草地，一直彈跳，準確來說，是彈跳了七次，最後才停下來。有一片草葉被壓死了，另一片嚴重受損。我立刻用等同軍事作戰等級的精準度，處置了那顆籃球，用我那支專門收集垃圾的長矛刺破它。」

「那顆籃球是我奶奶送給我的聖誕節禮物，」男孩難過地說道，「她是從臭氣島那裡，大老遠寄過來給我的！它只是意外彈進圍牆裡。當時我問你的時候，你爲什麼不直接把球丟回來就好了？」

上尉的八字鬍聳了起來。「我有丟回去啊！」他反駁道。

「你是把它刺破了才丟回來！」男孩回答。

「我還是有丟回去啊！」上尉的左眼開始抽搐。「好了，我要你們兩個滾出我的公園，現在！」

奈德看著史萊姆，「別

急，還有時間。首先，我們必須給你一點事情讓你可以記在你的公園大事記的簿子裡！」

「它叫做公園大事記事簿，不是公園大事記的簿子！」上尉糾正道。

「史萊姆！」奈德繼續說道，「我想我們需要來點惡作劇！」

「好耶！好耶！」他的朋友附和道。

「那就勞駕你來個一千張的糖果紙吧！」

「你們要搞什麼啊？」傲慢上尉氣急敗壞地說道。

「開始吧！」男孩大喊道。

「等一下！」傲慢上尉喊道。這個矮子的音量雖然大，但已經來不及了！史萊姆唏哩呼嚕地變成一千張各種顏色的糖果紙。它們飄浮空中，隨風飛舞。傲慢上尉繞著圈子跑來跑去，想抓住它們，卻徒勞無功。

「哈！哈！哈！」奈德大笑道。「現在，換成一千顆籃球好了！」

糖果紙立刻聚攏，變成好多顆籃球，開心地在草地裡上下彈跳。

「草地！我寶貝的草地！不准踐踏草地！」傲慢上尉大吼道。可是有太多顆球了。他跑去拿那根專門收集垃圾的長矛，開始戳刺它們，可是只要一戳到，球就會洩出黏液，噴得他全身都是。

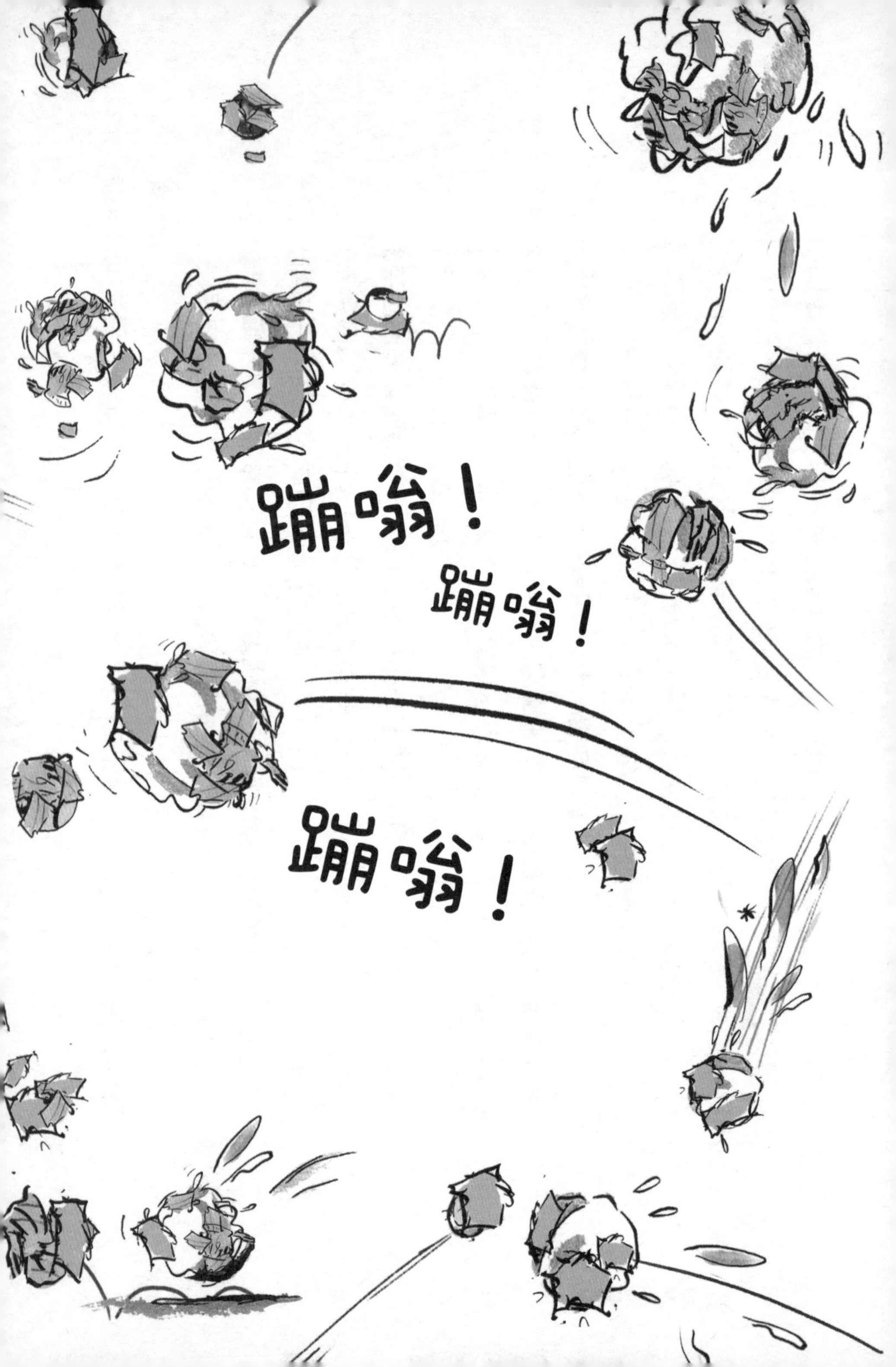
蹦嗡！
蹦嗡！
蹦嗡！

蹦嗡！
蹦嗡！
嘩啦！
嘩啦！
嘔！
噁！

「不要忘了還有鴿子！」一顆有史萊姆五官的籃球這樣說道。

「沒錯！」奈德說道。

於是一瞬間，幾百顆籃球都變成了鴿子，而且還不是一般普通的鴿子，是會不斷拉屎的鴿子。超級愛拉屎的鴿子！

「咕！咕！咕！」

啪！！嗒！啪！！嗒！啪！！嗒！

鳥兒在空中來回繞圈，不斷拉出黏糊糊和各種顏色的屎，**史萊屎**[22]。

啪！！嗒！啪！！嗒！啪！！嗒！

草地上被拉了屎。

啪！！嗒！啪！！嗒！啪！！嗒！

小路上被拉了屎

啪！！嗒！啪！！嗒！啪！！嗒！

棚子被拉了屎。

啪！！嗒！啪！！嗒！啪！！嗒！

長椅上被拉了屎

啪！！嗒！啪！！嗒！啪！！嗒！

「停下來！」傲慢上尉大吼道。「我以貪心夫人葛麗塔之名命令你們，停下來！」

「最後一次列隊飛行大閱兵！！」奈德下令道。

史萊姆懂男孩的意思，於是鴿群像空軍特技小組一樣，立刻在空中整隊，牠們先往上高飛，然後朝傲慢上尉俯衝而下。

「停下來！」他咆哮道，「這是命令！

22 這可能是英文裡頭最常被使用的字眼之一，因此被收錄進威廉大辭典裡。

但是牠們沒有停下來，一直俯衝。

咻！！！

老兵拔腿就跑，但速度根本比不上黏糊糊的鴿群。牠們朝他頭上俯衝，拉出來的屎，全都正中他的頭頂。

啪！！嗒！啪！！嗒！啪！！嗒！啪！！嗒！啪！！嗒！啪！！嗒！

傲慢上尉被拉了一坨又一坨的屎。

「骯髒的禽獸！」這人喊道。他的八字鬍、他的西裝、他的長褲、他擦得啵亮的長統靴……他身上的每一寸地方，都是屎。

「哎呀！」奈德嘲諷道，「傲嘟嘟上尉，你身上好像沾了一點點東西。」

公園管理員氣到滿臉通紅，「小鬼，我會逮到你的！」他手裡拿著他的垃圾收集矛，邊喊邊朝奈德衝過去，「衝啊！不是傲嘟嘟！是傲慢！」

就在這時，黏糊糊的鴿群，及時俯衝到奈德那裡，將他從公園的長椅上迅速帶走，飛上天空。

「改天再見囉，嘟嘟好上尉！」他在空中喊道。

然後在上百隻黏糊糊鴿翅的拍打下，消失在雲端

第18章
響屁

懶散夫人索倫奇奧是島上的鋼琴老師。你可能會合理地推斷，鋼琴老師就是要教鋼琴。但以這個例子來說你錯了

懶散夫人是史上最懶惰的音樂老師。這位夫人會惜任何代價，逃避教導島上小孩任何事情。

每當奈德心不甘情不願地滑著輪椅，到懶散夫人家裡，上每周一堂的鋼琴課時，她根本一句話都

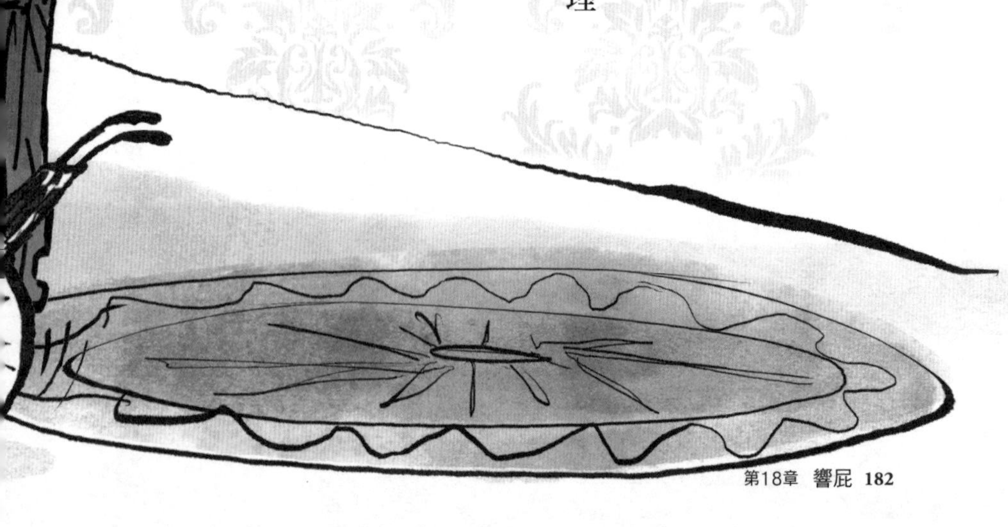

噹！噹！！噹！

會跟他說，反而會冷傲地瞪著他看，同時打開掌心，要他先付錢。一旦拿到錢，她就會搖搖擺擺地，走到她的舊留聲機那裡，放上一張她事先錄製好的上課唱片。以防萬一有大人從她屋前經過，會聽見她到底在做什麼。

當然是什麼事也沒做啊！

「孩子，讓懶散夫人再聽一次你彈的琴。」老唱片裡會 哩啪啦地傳出這樣的聲音。

然後你就會聽到敲擊琴鍵的聲響。

吧！唧！吧！唧！吧！唧！

等到製造好假象後，懶散夫人就會回到躺椅上，睡上一個小時。

「呼嚕嚕！

ZZZZZ！

ZZZZZ！」

在這種時候，唯一能吵醒她的，就只有她自

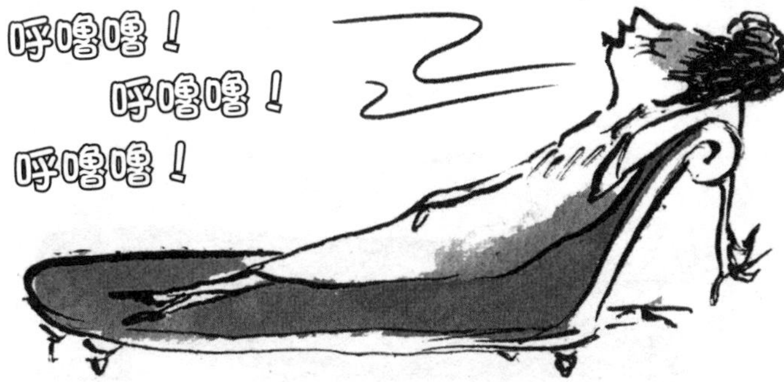

己放出來的響屁。

噗！

她的屁，就像華格納的歌劇一樣磅礴。

如果她的屁沒有叫醒她，壁爐台上那座華麗的金色旅行鐘就會響起，告訴她時間到了，鋼琴課結束。

鈴！！

懶散夫人的行爲，爲什麼沒被人發現呢？因爲貪心姨媽葛黿塔坐視不管。事實上，她還很鼓勵這種做法。只要是能折磨小孩的事情，對她來說，都是好事

就因爲奈德上了好幾年懶散夫人的「鋼琴課」，什麼都沒學到，只好被送去上更多鋼琴課。

有一天，他母親從魚市場回到家，奈德告訴她課堂上的實情。

她沒有任何反應。

什麼反應也沒有。

一點也沒有。

通通都沒有。

就是沒有。

奈德的母親是一個大人，大人當然不會相信小孩。他媽媽就像島上其他大人一樣，被懶散夫人唬弄得，以爲她是全世界最出色的鋼琴老師。

除了留聲機騙局之外，身穿佈滿花

卉圖案美麗長衫的懶散夫人，也會捲起袖子做出三種惡搞行爲。

要是有小孩膽敢抱怨她，說她這是光天化日下，明擺著搶錢的行爲，懶散夫人就會打開鋼琴的頂蓋，把討厭的小鬼關在裡面。

叩！

這樣一來，懶散夫人就可以不受干擾地，繼續她寶貴的午睡。

「放我出來！」

「呼嚕嚕！呼嚕嚕！」

要是有小孩企圖向他們的父母告狀，下次來上課的時候，懶散夫人就會把鋼琴凳上下顛倒放，然後叫他們坐在其中一根椅腳上，整整一個小時！

「噭！嗚！」

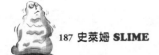

如果有小孩，膽敢吵醒懶散夫人的午睡，他們就會被綁住腳踝，再倒吊起來，逼他們用鼻子彈鋼琴。

「噭！嗚！噭！嗚！噭！嗚！」

梆！啷！梆！啷！梆！啷！

有一次，奈德再也受不了這件鳥事了，於是趁懶散夫人躺在沙發上邊打呼邊放屁的時候……

「呼嚕嚕！呼嚕嚕！」

……放聲大叫，「夠了！我以後再也不來上這麼愚蠢的鋼琴課了！」

不用說也知道，被吵醒的鋼琴老師非常不爽，二話不說地立刻離開鋼琴教室，走進廚房。正

呼嚕嚕！呼嚕嚕！呼嚕嚕！

當奈德摸不著頭緒，坐在鋼琴凳上時，她又回來了，手裡抓著烤豆罐頭，不是一罐哦，也不是兩罐、三罐、而是六罐！然後她把罐頭一個接一個地打開，短短幾秒就全部倒進嘴裡，咕嚕咕嚕地吞進去，活像博覽會裡的大力士一樣。然後肚子開始發出令人不安的聲響，就像是一個正要爆炸的鍋爐。

「我得走了！」奈德大聲說道。

「再等一下。」懶散夫人回答道。

然後她就拖著腳走到男孩那裡。從她拖著腳的樣子看得出來，她正在憋氣，不是她嘴裡的氣……而是她屁眼裡的氣。等到她的屁股靠近奈德，她就不再憋了。

「不！」男孩喊道。

懶散夫人放出了有史以來最爆炸性的響屁。

噗蹦！

響屁爆炸的威力，大到把奈德直接炸出窗外。

呼咻！

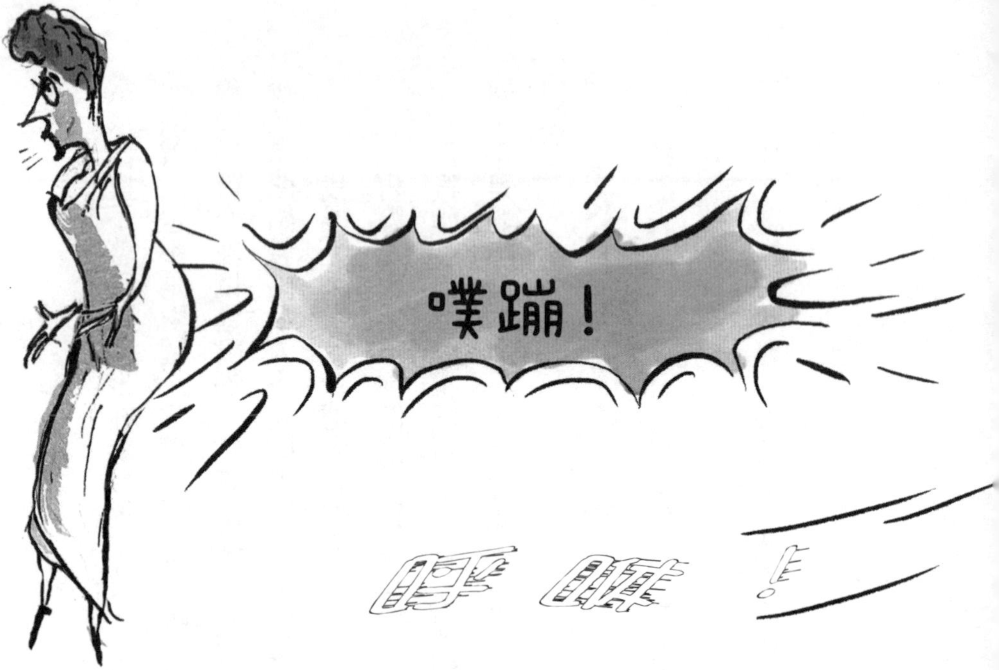

所以，不用說也知道，奈德很清楚他自己和島上的小孩，在這魔女的魔掌下，早就痛苦不已。他必須幫大家一個忙，好好教訓這個老師。

問題是……

怎麼教訓她？

第19章

跟著史萊姆的節拍跳舞

要是你知道教鋼琴的老師……比方說懶散夫人……其實不會彈鋼琴，你恐怕會很驚訝。她一個音符也不會彈，事實上，她很討厭鋼琴的彈奏聲，就像她討厭所有樂器一樣。

她唯一喜歡的聲音就是寂靜的聲音。

寂靜代表懶散夫人可以安靜地睡上一覺。

奈德和史萊姆正飛在小島的上空。奈德一眼就瞄到懶散夫人那棟黑白相間、富麗堂皇的老房子。她的屋子非常顯眼，那是因爲她在花園裡有一座形似鋼琴的游泳池……毫無疑問地，這絕對是靠她的不義之財蓋出來的。

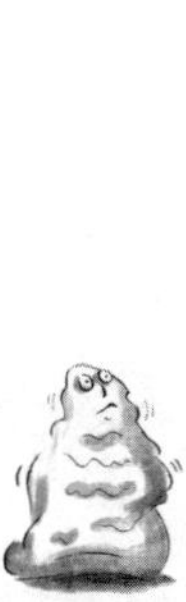

「在那裡！」男孩大聲喊道。

他們兩個朝房子旁邊的地面俯衝。他們隔窗偷看屋內……不出所料又看到那位鋼琴老師——如果能這樣稱呼她的話——正躺在那張躺椅上，呼呼大睡。

「呼嚕嚕！呼嚕嚕！」

奈德和史萊姆打量鋼琴室，看見了懶散夫人的學生。那個可憐的小朋友正站在鋼琴凳的其中一隻凳腳上，頭上還頂著一本樂譜。

呼嚕嚕！呼嚕嚕！呼嚕嚕！

想必這是某種懲罰吧，絕對是因爲這個學生竟然敢大膽反抗這世上最懶惰的鋼琴老師。

鴿群將奈德放下來，再唏哩呼嚕地變回一坨黏糰物。

搖搖晃晃地站在椅凳上的女孩，看起來像快斷氣了一樣。她的臉漲得通紅，活像一顆蕃茄，全身都在冒汗。她八成已經在那裡金雞獨立快一個小時了。

奈德點點頭，示意她應該逃走。

「你確定？」女孩用嘴型問道。顯然她很怕那位趴躺在躺椅上，呼呼大睡的老師。

奈德再度肯定地點點頭。

於是女孩試著把另一隻腳放下來，這才鬆了好大一口氣。

「謝謝你！」她用嘴型說道，然後躡手躡腳地走出屋子。

史萊姆滑進男孩的腳下，膨脹成一顆球，將奈德上升到可以從懶散夫人敞開的窗口滑進去的高度。

男孩輕鬆鑽了進去，剛好坐落在鋼琴凳上。史萊球跟在後面，但是牠太胖了，一開始根本擠不進去。

唰！唰！唰！

史萊姆只好把自己變瘦，這才擠了進去。

叭嘰！

「噓！」奈德要牠別出聲，「還不要吵醒她！」

要吵醒一個最怕吵的人，最好的方法是什麼呢？

「史萊姆！」男孩屏息喊道。他的點子棒到，他等不及想快點說出來。
「什麼事？」史萊姆回答，在鋼琴室裡的牠已經變回一坨黏糰物了。
「我要你變成這世上最大的交響樂團。」
「好耶，好耶！」
「我還要你製噪出史上最吵的噪音……」奈德不確定噪音的動詞要怎麼說，他猜想應該就是「噪」[23]吧。
這才可以連本帶利地，奉還懶散夫人的爆炸性響屁。
轉眼間，黏糰物分裂成一百個小黏糰，比一小顆球還小，稱之爲小小球[24]。然後小小球一個接一個地開始變身。
這些小小球唏哩呼嚕地變成各種樂器，速度快到奈德根本來不及喊出它們的名字。

23 這是一個你絕對可以在**咸廉大辭典**裡找到的字，這本字典可能是有史以來最重要的出版物。
24 請查閱你的**咸廉大辭典**。如果你沒有字典，今天就去買。不要只買一本……要買一百本！

還有最後一個，也是最重要的……一個超大的銅鑼！

懶散夫人渾然不知，還在躺椅上打呼。

「交響樂團現在就把她圍起來，」奈德開口道，「由我來指揮！」

等到所有樂器都就定位，離鋼琴老師也非常之近後，奈德就當起指揮家的角色。他從咖啡桌上的

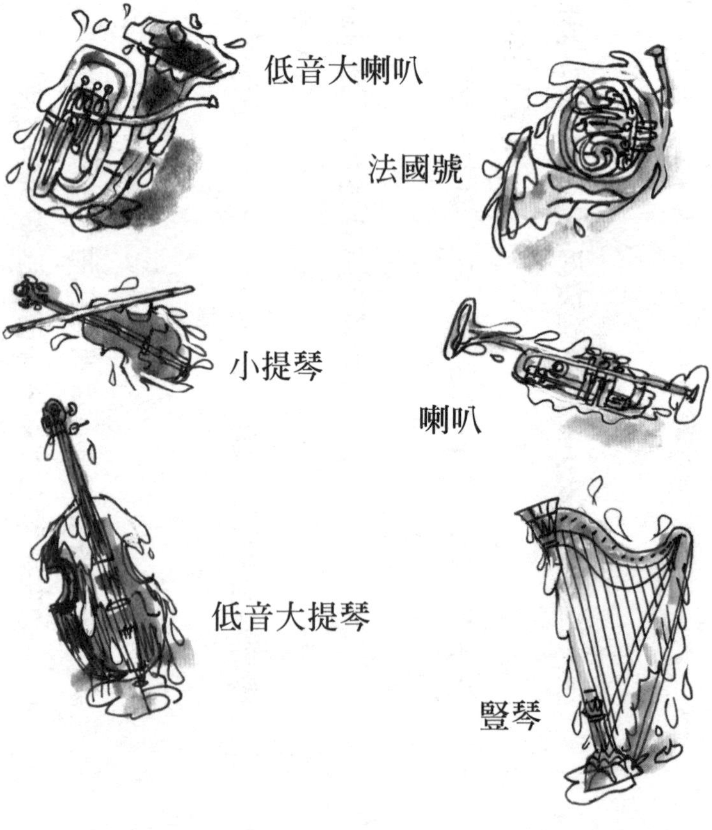

一對鈸

木琴

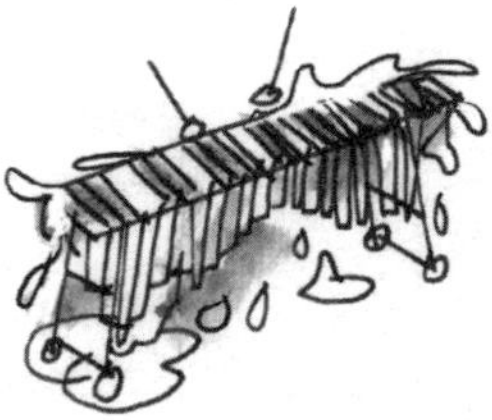

低音鼓

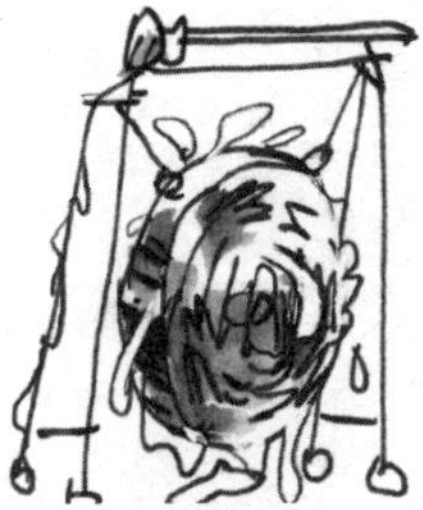

一個超大的銅鑼！

呼嚕嚕！呼嚕嚕！

水果籃裡，拿起一根香蕉當指揮棒。男孩以前曾在電視上看過指揮家，大概知道怎麼指揮。

奈德先用香蕉敲敲桌子，要所有黏糊糊的樂器都注意他。

叩！叩！叩！

懶散夫人還在打呼和不斷放屁。

「呼嚕嚕！呼嚕嚕！呼嚕嚕！」

噗！噗嗚嗚！噗嗚嗚嗚嗚！

她的響屁臭到，連壁紙都從牆上剝落。

史萊姆交響樂團，或稱**史萊團**[25]，的所有樂器都朝指揮家轉身。奈德點點頭，開始在空中揮舞香蕉。

史上能夠「噪」出的最吵噪音，瞬間在室內炸開。

25 我必須承認這些樂器演奏的水準參差不齊，但可以保證都能在你的**咸廉大辭典**裡找到它們。

蹦蹦蹦蹦蹦蹦蹦蹦蹦
蹦蹦蹦蹦蹦蹦蹦蹦蹦
蹦蹦蹦蹦蹦蹦蹦蹦蹦
蹦蹦蹦蹦蹦蹦蹦蹦蹦
蹦蹦蹦蹦蹦蹦蹦蹦！

受到驚嚇的懶散夫人，以難以置信的速度從躺椅上，瞬間飛了出去。

她撞穿鋼琴室的天花板。

嗶嗡！

撞穿樓上的豪華臥室。

嗶嗡！

最後撞穿屋子的天花板。

嗶嗡！

「啊！」懶散夫人飛上天，不停尖叫。

奈德從鋼琴椅凳上，隔著屋頂的洞，抬頭仰望。

男孩暗自竊笑，卻又突然想起他以前學過的知識

一個非常重要的知識

牛頓的萬有引力定律

簡單的說……會飛上去的東西，一定會掉下來。

「啊！」懶散夫人再度尖叫，也不是說尖叫就能幫上她什麼忙，而是這種時候，好像也只能尖叫而已。

這個胖女人正朝著小奈德直墜而下。要是男孩不想點辦法……而且要快點想辦法……他可能就會變成一坨黏糊糊的人肉餅了

「救命啊！」奈德大叫。現在也輪到他尖叫了

「鋼琴！」

匡啷！咖！

蹦！

碎一地！喀啦！

史萊姆立刻秒懂，唏哩呼嚕地變回黏糰物，然後用那胖嘟嘟的手臂圈住懶散夫人的大鋼琴，用力一扯，拉到屋頂的破洞底下，順道撞開椅蹬上的奈德。

「啊！」懶散夫人放聲尖聲，撞進她的豪華大鋼琴裡。

「我的鋼琴！」她在被砸得亂七八糟的一堆木料、琴鍵和琴弦裡頭大聲喊道，「這樣我就不能教鋼琴了！」

「反正妳也從來沒教過！」男孩反駁道。

「奈德！」她厲聲喝斥：「我一定要讓你好看！」

話才說完，懶散夫人就企圖從鋼琴裡爬出來。但是在這堆混亂中，金色的旅行鐘，竟從她的壁爐架上掉下來，砸中懶散夫人的頭。

蹦嚶！

「噢嗚！」她大叫。

「這次也一樣幹得好啊！」

「一向樂意爲你效勞！」史萊姆回答的同時，唏哩呼嚕地變成一支火箭，「快上來！」

男孩滿臉笑容地將自己撐了上去。

然後火箭就載著他，從懶散夫人天花板上的洞飛了出去，衝上天空。

咻嗚！

「我嗨爆了！」男孩開心地大吼。

第20章

討人厭的雙人組

貪食冰果店這個店名，就印在島上唯一一輛，獨一無二的冰淇淋車上。

老板是一對姓貪食的夫妻，名叫格倫和格倫達。他們本來應該賣冰淇淋的，卻總是自己吃掉，全都吃掉，一口也不剩

他們騙小孩錢的伎倆很簡單，絕對不會失手

冰淇淋車會停在遊樂場、學校或海灘。反正會出現在島上任何有小孩的地方。然後格倫達太太會出現在販售窗口

貪食
冰果店

「親愛的，你想要吃哪一種好吃的冰淇淋啊？」

她會用她好聽的聲音問道。她其實有好聽的聲音，也有難聽的聲音，而且通常是一下子就變成難聽的聲音。

「哇！」奈德看著招牌輕聲驚嘆，上面寫著各種美味的醬料。

「親愛的，別急，你慢慢選。」

「請給我一份冰淇淋，加上巧克力醬、巧克力豆還有巧克力碎片。」

奈德真的很喜歡吃巧克力。

「親愛的，你選得太好了。請先付錢！」

「這是一英鎊紙鈔，請問能找錢給我嗎？」男孩問道。這一英鎊是他奶奶給他的聖誕節禮物。

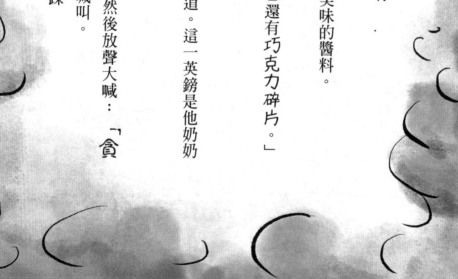

「我最最親愛的，當然可以找錢囉！」

可是奈德才把錢遞過去，她就把錢從他手裡搶走，然後放聲大喊：「貪食先生！快開車！」這時候她是用難聽的聲音在喊叫。

接著，一直坐在駕駛座上的貪食先生格倫就會猛踩油門踏板，疾速離去。

轟隆！

車子一開走，這對夫妻就會大喊：「再會了，笨蛋！」

可憐的奈德被籠罩在瀰漫的黑煙之中，被留在路旁聞著過熱的輪胎產生的橡膠焦臭味。

沒有冰淇淋。

連一英鎊也都沒了。

貪食夫妻爲什麼能消遙法外？

當然是貪心姨媽葛麗塔的傑作。曾有過很多次機會，能把這對夫妻繩之以法，但是貪心姨媽都會介入，想盡辦法不讓他們被逮捕。這位心腸黑的老太太，只要一想到這對可怕的雙人組，曾害很多小孩如此悲慘，就會開心地唱起歌來。而**麻趣島**常有遊客來玩，因此貪食夫妻從來不缺新的受害者。

這對討人厭雙人組，絕對不是他們自家冰淇淋的最佳活廣告。因爲這兩人吃了太多的冰淇淋，而且是直接從冰淇淋泵浦裡灌進嘴巴，所以他們的牙齒都蛀黑了，甚至全掉光。有時候還會有一顆爛牙在他們說話的時候，突然從嘴裡飛了出來，砸到小孩的頭。

還有，因爲他們吃了太多冰淇淋，貪食夫妻胖得跟**氣球**一樣，胖到從來沒有離開過這輛車。

他們根本不能離開！

因爲他們胖到無法鑽出車門。

於是貪食夫妻睡在車上，吃飯也在車上，連大小便都在車上。

所以絕對不要點巧克力糖屑，那味道聞起來，一點也不像巧克力。

正當奈德乘著他的**史萊火箭**[26]在小島上空快速移動時，他瞄到一群小孩正排著很長的隊伍。他們都是**胡說八道島**上那所寄宿學校的學生。是他們一身醜陋的紫黃色相間的制服，洩露他們的身份。

這群小孩八成正在校外旅行，要去看這世上最無聊的觀光景點——厤趣島的中世紀城堡。那是一座廢墟，不過就是地表上幾顆突出的**古老石頭**而已。就因爲很古老，大人便決定小孩應該去看看，而且通常去一次就要好幾個小時。

「俯衝！」男孩下令道。

仍坐在史萊火箭上的奈德盤旋在這群小孩的頭頂上方。但是這些小孩的心情都糟透了，他們根本擠不出笑容來打量這枚黏糊糊的火箭。

---

26 **咸廉大辭典**從來不會錯。

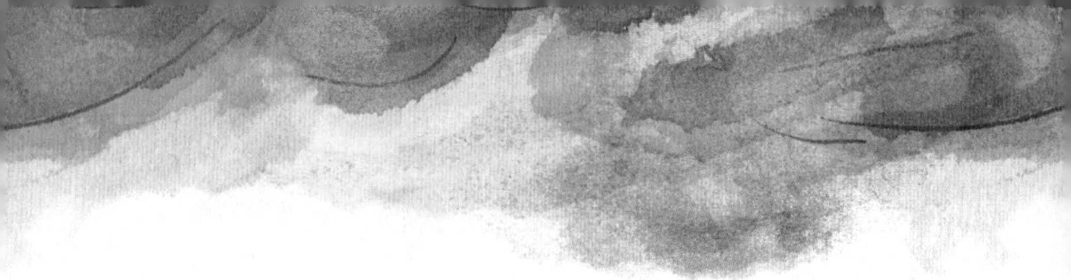

「你們怎麼了？」奈德從上方喊道。

「都是那兩個賣冰淇淋的啦，他們很討厭。」其中一人啜泣著。

「我們所有人都跟他們訂了冰淇淋，結果他們把我們的錢全騙走了。」另一個人邊哭邊說。

「那兩個人好沒禮貌，竟然還大喊：『再會了，你們這些笨蛋！』然後就開著那輛髒兮兮的老舊冰淇淋車跑掉了。」第三個小孩哭到吸著鼻涕。

「我們被迫來看世界上最無聊的觀光景點。還以爲吃個冰淇淋，就可以感到安慰，不再難過。」第四個小孩嚎啕大哭。「可是

我們錯了。」

「現在這次校外旅行是有史以來最悲慘的一天。」第五個小孩哭喊道。

「我寧願自己現在正待在胡說八道島貴族後代學校裡，做雙倍的數學題目！」

「做雙倍的數學題目才慘吧！」奈德大聲說道。

「被騙錢，吃不到冰淇淋才慘。」剛剛那個小孩說道，說完便眼淚潰堤大哭了起來，「**嗚哇哇！**」

這下害得所有胡說八道島的小孩都放聲哭。

「嗚哇**哇！**」

這是嗚哇交響樂。

「這些小朋友眞討厭。」史萊姆喃喃說道。

「噓！」奈德要牠別出聲，然後朝這群小孩轉身問道：「那對討人厭的雙人組朝哪個方向走？」

所有小孩都哭紅了眼，根本說不出話來。

「哦，我的天啊！」史萊姆嘟囔道。

「噓！」

但小孩們全都伸出手指。

還好他們指的都是同一個方向。

「謝了，小朋友們！史萊姆，走這裡！」奈德下令道，然後就升空了。「胡說八道島的島民們，我一定會再回來！」

「嗚哇**哇！**」

麻趣島的道路，全是又長又蜿蜒的鄉間道路，而道路都有樹遮蔭著，所以很難從上空看見底下的車輛。

但是貪食冰果店不是一般的車輛。

這台又大又醜的粉紅色冰淇淋車，在車頂裝了一個很大的冰淇淋模型，所以就算從外太空也看得到。因此沒多久，這輛車就出現在奈德的視線裡。奈德打了個信號，要史萊姆俯衝到車子旁邊。

一開始貪食先生和他的太太，都沒有看到男孩乘著史萊姆火箭，朝他們逼近的奇怪畫面。

格倫當時坐在駕駛座上，大口吞著**超大一坨**的冰淇淋，上面插著一塊薄片。

奈德敲敲駕駛座的車窗，吸引這個野獸的注意。

起初格倫還微笑點頭回應，卻突然被眼前這幅怪誕的畫面，嚇得急踩煞車。

嘰——！

他把正狼吞虎咽吃著的冰淇淋，灑得到處都是。

他的臉全是冰淇淋。

啪嗒！

擋風玻璃上，也都是冰淇淋。

噗嚕！

同時，在後方的貪食太太，本來正在數從胡說八道島孩子們那騙來的錢。突然緊急煞車的緣故，整個人在車裡跌個倒栽蔥。

「快來幫幫我，你這笨蛋！」她向她丈夫喊道，因為她根本沒辦法自己爬起來。

「我看不到啊！」 貪食先生一邊大聲喊叫，一邊從他的椅子爬到廂型車子後方。可是他在爬的時候，大腳不小心撞到冰淇淋泵浦的閥門。

噗嚕！

冰淇淋開始淹沒他們。

「啊！」貪食太太大叫。「我的屁屁結冰了！」

依然滿臉冰淇淋，什麼都還看不到的貪食先生，一不小心被他太太絆倒，剛好跌坐在她上面。

「喔！」他大叫。

「噢！」她也大叫，「下來啦，你這坨肥油！」

「我才不是肥油！」

「哦，對不起，我錯了，你是**超大坨的肥油**！」

仍盤旋在車窗外的奈德，忍不住放聲大笑。

「哈、哈！哈！」

「有人在嘲笑我們！」貪食先生咆哮道。

「他們有得受了！」

貪食太太吼道。

第21章

一臉不高興的牛

貪食太太把像一坨肥油的丈夫，從她身上推開，爬起來站好後，再關掉一直在流瀉冰淇淋的閥門。

喀嗒！

「我是奈德，」奈德大聲說道，他仍乘著「史萊火箭」，盤旋在車子旁邊。「還記得我嗎？」

男孩相信這對夫妻一定還記得他，畢竟他們曾如此殘忍地，騙走他的一英鎊紙鈔

「不記得了！」格倫達說道，

「我應該記得嗎？」

「當然應該！」男孩說道，他很氣憤對方竟然不記得他。

「我記得你！」格倫開口道。

奈德微笑，「記得什麼？」

「你不就是剛剛那個飛在我車窗旁邊的小鬼嗎？」

「是啊！」奈德憤怒地說道，「但我的意思是，在那之前呢？你們應該記得啊！」

「我一點也想不起來。」格倫達咕噥道。

「我是奈德。我說我要買一份冰淇淋，還給了你一英鎊的紙鈔，結果你們拿了錢就開溜跑走了，沒給我冰淇淋，**什麼也沒有！**」

貪食夫妻互看彼此一眼。

「對不起，還是想不起來，沒有印象。」貪食太太說道。

「老實說，」貪食先生開口道，「我們整天都在騙人家的錢，所以怎麼回想，都不可能想得起來每一位受害者是誰。」

「孩子，別放在心上。」貪食太太一派輕鬆地說道，同時伸出那又厚又粗糙的舌頭，舔掉下巴的冰淇淋。

她說這話的目的，原本是要安慰奈德，結果造成反效果。男孩被**激怒**了。

「好吧，反正我本來就是要來報仇的。幫我自己報仇，也幫其他成千上百個被你們騙過錢的小孩報仇。」

這對夫妻看了看彼此，突然大笑出聲。

「哈！哈！哈！」

「成千上百？」貪食先生開口道。「應該是成千上萬了吧！」

「不，是好幾百萬！」他太太咯咯笑著。

「好幾十億！」

「好幾兆！」

「好幾兆兆兆兆兆兆！」

「哈！哈！哈！」

「好吧，那我奈德，代替所有被騙過的人，使出我的

史萊姆力！

」奈德大聲說道。

「你的什麼？」格倫嘟囔道。

「這小子瘋了吧！」格倫達咕噥道。

「你們的犯罪行爲，將到此爲止！」

「那你得先抓到我們才行啊！」貪食先生大聲說道。他話一說完，趕緊挪回駕駛座，伸腳猛踩油門。

咚！

轟隆！

「再會了，笨蛋！」他們齊聲喊道。

冰淇淋車一溜煙地駛離……

嘰！

格倫達太太又在車裡跌倒了。「噢！」肥屁股著地的她大聲喊痛。

原來是因爲擋風玻璃上還黏著冰淇淋，貪食先生根本看不到路。

結果車子就滑離馬路了。

嘰～！

撞穿樹籬。

唰！沙！

然後又一路顛簸，穿過乳牛場。

「哞～哞～哞～」乳牛嚇得大叫。要是你是一頭乳牛，有一輛冰淇淋車朝你衝過來，你當然也會嚇得大叫。「你開車看路好不好！你這個笨蛋！」在後座不停**上下彈跳**的貪食太太吼道。

「我什麼都看不到啊！」貪食先生吼回去。

他打開雨刷。

唰！唰！唰！唰！

「冰淇淋刷不掉啊！」他咆哮道。

「那是因為冰淇淋是在擋風玻璃裡面，你這個白痴！」貪食太太吼回去。

貪食先生甩甩頭，拿袖子去擦擋風玻璃。

他終於看得見了！但眼前迎面撲來的景象，卻嚇得貪食先生放聲尖叫。

「啊啊啊！」

原來在奈德的提議下，史萊姆變成**巨無霸冰淇淋**，男孩還充當冰淇淋上面的醬料。

「現在記得我了嗎？」奈德大喊道。

冰淇淋車正直接朝它駛去。

「還是不記得！」貪食先生大喊。他車開得太快了，根本煞不住。

他猛踩煞車。

蹦！

但踩得太用力了，後車輪當場騰空飛起。

呼！！！咻！！！

車子旋即在空中翻滾，飛越過巨無霸冰淇淋，倒栽蔥地撞進草地裡。

磅啷！

「哞～」牛群大叫，四散奔逃。

史萊姆又唏哩呼嚕地變回一坨黏糰物，同時他也把奈德放在一頭一臉不高興的牛背上。

「**哞～**」

奈德拍拍那頭牛，「你乖乖！」

「小子，我們會要你付出代價的！」

頭下腳上的貪食先生大聲吼道。

「我們一定會找你算帳。」一樣頭下腳上的貪食太太附和道。

這時男孩輕拍母牛一下，母牛快步接近冰淇淋車。「好吧，既然你們那麼喜歡吃冰淇淋，搞不好你們也會想試試特殊的**史萊姆口味**。」

「**史萊姆口味？**」格倫大喊道。

「聽起來很噁心！」格倫達咆哮道。

「是很噁心，」男孩回答道，「史萊姆！我們來幫他們一個特大號的忙吧！」

「奈德，這主意太棒了。」牠說道，然後就從車窗縫隙滲進去。

「不要進來！」這對夫妻放聲大叫，因爲有一堆黏糊糊的東西，正在塡滿他們這輛翻倒在地的車子。

黏漿不斷滲進倒栽蔥的冰淇淋車裡，直到滿到快爆出來。

擋風玻璃、車窗和車門最後受壓過大，終於爆開！

車子裂成碎片。

討人厭的雙人組被噴炸到滿是牛屎的草地上，四腳朝天地泡在黏糊糊的泥塘裡，或稱史萊塘[27]。

「噢！」貪食太太呻吟道，「我全身都黏答答的。」

「他把我們的車子搞成什麼樣子了？」貪食先生大喊。

「史萊姆！快搶走他們的冰淇淋！」奈德下令道。

「好耶！好耶！」牠回答道，同時把自己聚攏，變回一坨黏糰物。

「不要拿走！」那對夫妻喊

道。

「我們今天幾乎都沒吃耶！」貪食先生說道。

「我們好餓哦！」貪食太太補充道。

但是史萊姆快手快腳地，從殘骸裡拔走那台巨大的製冰淇淋機。

匡啷！

「我們有一些小孩很餓，得去餵飽他們！」奈德大聲說道，「起飛吧！」

史萊姆立刻變成巨大的飛船，或者說是**史萊柏船**[28]，然後從那頭善解人意的母牛背上接走男孩。

「咩～！」

同時載著奈德和冰淇淋機升空高飛。

---

27 「史萊塘」聽起來跟「史萊糖」同音，所以在日常對話裡使用的時候，要特別小心哦。如果有任何疑問，請諮詢你的**感廉大辭典**。

28 這是史萊姆和齊柏林飛船完美結合下的字眼，齊柏林飛船是古老的德國飛船，以它的發明者來命名。這證明**感廉大辭典**是一本絕佳的教育工具書。

「我們會逮到你的……！」貪食先生開口道，「你再說一遍你叫什麼名字？」

「再會了，笨蛋！」

奈德大聲回應他。

第22章

冰淇淋派對

那些來自胡說八道貴族後代學校的孩子們，在奈德搭著黏糊糊的飛船回到原地時，都還在古堡的廢墟旁邊嗚咽哭泣。

「嗚哇哇哇！」

「小朋友！」奈德喊道，「我告訴過你們，我一定會回來！我把冰淇淋帶回來了！」

「耶──！」他們歡聲雷動地看著史萊姆和奈德緩緩降落。史萊姆把冰淇淋機擱放在一堆無趣的石頭上，大人都說那些石頭是麻趣島中世紀古堡的一部份。

這群來自上流社會的孩子，全都衝到那台大型的惠皮先生冰淇淋製造機的前面。

「冰淇淋！」他們大喊，「呀呼！」

史萊姆現在又變回一坨黏糰物了，牠跟奈德一起坐在一塊骯髒的石頭上。這對好朋友相視而笑，很開心又成功完成另一項任務。

突然間，孩子們的喝采聲停止了。

「奇怪，怎麼沒有甜筒啊？」其中一個孩子問道。

「不好意思哦，我們沒有想到要把甜筒也拿過來。」奈德回答道，他覺得很吃驚。

「我喜歡巧克力碎片口味的。」另一個也抱怨道。

「哦，我們真的沒有時間去……」

「有彩色糖霜嗎？」第三個小孩問道。

「不懂感恩的小……」史萊姆開口道。

「小聲點！」奈德噓聲道。

「嗚哇哇！」他們又都哭了起來。

「我們吃不到冰淇淋了！」其中一個呻吟哀號。

「這次的旅行從很不好玩，變成超難玩了！」另一個哭哭啼啼。
「我還不如回去做雙倍的數學題算了！」第三個啜泣著。
史萊姆翻著白眼，「我眞想把那台冰淇淋機帶走，丟到……」
「噓！」奈德要牠別出聲，「小朋友，你們聽我說，你們只要打開這個噴嘴，就可以開……冰淇淋派對了！」
奈德才剛打開……
啪嗒！
軟綿綿的白色惠皮先生冰淇淋，就噴了出來。
嘩啦！
它噴得奈德全身都是
嘩啦！
也噴得史萊姆全身都是。
嘩啦！
更把小朋友們噴得全身都是。
嘩啦！

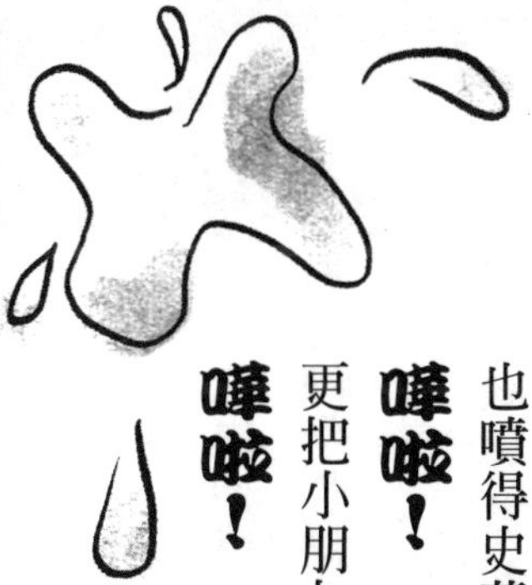

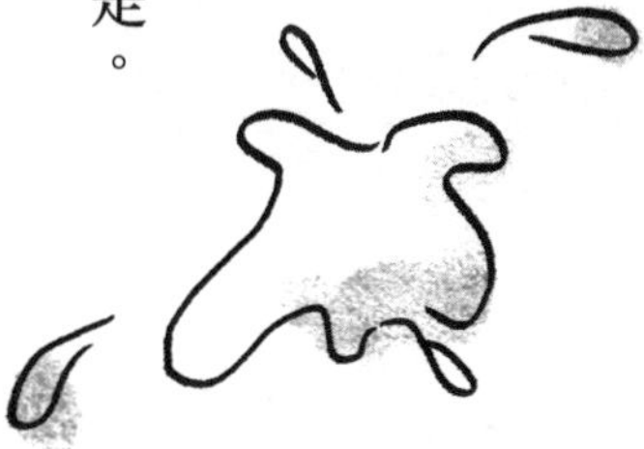

它也把麻趣島的中世紀古堡，噴得到處都是冰淇淋。

沒多久，大家身上都沾滿冰淇淋，看起來就像雪人一樣。

「冰淇淋派對！」

其中一個人大喊，同時舔掉她鼻子上的冰淇淋。

「這是有史以來，最棒的一天！」另一個人也大叫道，同時伸手把頭上的冰淇淋挖下來放進嘴裡。

「我還是喜歡巧克力碎片口味。」第三個淚眼潸潸地咕噥道。

「我有乳糖不耐症，」第四個

小孩說道，「有沒有純素的冰淇淋？」

「要讓大家都滿意實在很難。」奈德對史萊姆嘟囔道。

「我看也是。」牠回答，「所以接下來要做什麼？我的好兄弟，一天就快結束了耶。」

奈德立刻有了一個決定。「今天的每一件事，都來自同一個源頭。所以接下來是我們最後一件任務，但是它執行起來非常危險。」

「好耶！好耶！我喜歡危險刺激的任務！」史萊姆回答道。

第23章

飛碟

「你對貓過敏嗎？」奈德問道。這是個很重要的問題，葛麗塔姨媽養了一百零一隻貓。

「據我所知，不會。」史萊姆說道。

「那我們就走吧！」男孩大聲說道。

「你有什麼喜歡搭乘的交通工具嗎？」

「什麼都行，讓我吃驚吧！」

史萊姆笑了，隨即唏哩呼嚕地變成飛碟。

「是飛碟耶！」奈德看著那玩意兒不停旋轉，不由得驚呼道。

「我剛剛腦袋裡一直想著貓貓貓貓，啊貓不是會在碟子裡喝水嗎？所以我

就變出飛碟來了！」

「你眞聰明。」

「我知道啊！」史萊姆同意道。

「我們走吧！」

史萊姆把男孩從古堡廢墟上撈了起來，放在飛碟上。

「奈德，往哪個方向啊？」牠問道。

奈德在飛碟上面轉呀轉的，轉得頭都有點昏了。但是他還是看得到他姨媽那棟盤據在島上最高處的雄偉城堡。

「那個方向！」他說道，只不過正在飛碟上轉動的他，手指的方向根本是四面八方。

「你指的是那座城堡？」史萊姆問道。

「沒錯。」

「所以是誰住在那裡啊？」

「這座島的島主啊。她比誰都討厭小孩，她就是我的葛麗塔姨媽。」

「聽起來挺討人喜歡的！」史萊姆玩笑道。

「你絕對不會想用『討人喜歡』這幾個字來形容她。」

「所以意思是，你們並不親囉？」

「親？哈哈！我已經很久很久沒見過葛麗塔姨媽了。」

「那好，我們一定要順道去拜訪！」

史萊姆的飛碟在空中越轉越快，可憐的奈德坐在上面，被嚇得緊緊巴住碟身不放。

呼！嗚咿！

第24章 貓砂堡

這世上有愛貓的女生，也有養了很多貓的獨居女士。葛麗塔姨媽就是一位養了很多貓的獨居女士，她的貓超過一百隻。葛麗塔姨媽和她那一百零一隻貓——我就跟你說過，她的貓超過一百隻啊——就住在一棟偏僻的城堡裡，它高高盤據在山頂，可以俯瞰整座**麻趣島**，島主就是她。也因爲她很迷戀貓，因此把她家取名爲**貓砂堡**。

這位高高在上的老太太穿著飄逸的長洋裝，上面飾滿貓的圖案，只要一走路，全身**可可噹噹**地響，因爲她全身都戴滿珠寶。

葛麗塔姨媽的珠寶，當然全都是以貓爲主題。

這位女士還在她的牆上掛了最古怪的藝術收藏品，前提是如果你也喜歡貓的話。她把最有名的畫作，全改用貓來表現。

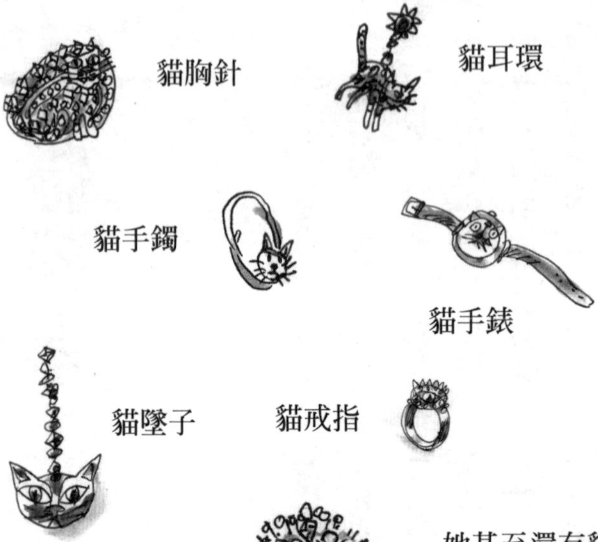

她甚至還有貓頭飾……一頂誇張的貓皇冠！

蒙娜麗莎貓

貓的吶喊

戴珍珠耳環的貓

貓類之子

貓母親的肖像

貓之吻

微笑的
貓騎士

耳朵包著繃帶
的貓自畫像

領導貓群的貓女神

貓在草地上的午餐

但還不只是貓的繪畫。當然不只囉！那裡甚至到處都是貓的雕像，有銅製的、銀製的，也有黃金的，多不勝數。

這裡有一尊貓兒正在玩羊毛球的雕像。

這裡有另一尊貓兒蜷伏入眠的雕像。

她甚至還有一尊貓兒舔著屁股的雕像。

由於葛麗塔姨媽養了一百零一隻貓，不可能記得住這麼多名字，因此決定一律叫牠們小不點。

「小不點！吃晚飯囉！」她會這樣喊道，然後一百零一隻貓就會衝向她，全擠在她腳邊。

貓是葛麗塔姨媽唯一的朋友。

這位女士不喜歡與人來往。她不相信他們。奈德雖然是她的外甥，她卻從來沒見過他，也不肯見她的外甥女潔米瑪或者她的小妹……也就是奈德和潔米瑪的母親。當年葛麗塔從一位失散多年的遠親那裡，繼承到這一大筆遺產，這是筆數以億計的遺產。

但葛麗塔一毛錢都不分給別人。

在城堡外面有一塊大牌子寫著：

擅闖者會被貓吃掉！

如果這塊牌子還不足以嚇阻你進入，那麼護城河上少了一道活動橋，或許就阻止得了。幾年前，貪心姨媽葛麗塔把它給燒了，沉在水底下。由於沒有活動橋可以進入城堡，因此誰都無法靠近。貪心姨媽便可以獨自守著她的財富，當然還有她的貓。

這些嬌生慣養的貓都戴著閃閃發亮的頸圈，狼吞虎嚥地吃著魚子醬。魚子醬是一種魚蛋，聽似不昂貴，但其實非常昂貴。睡在鋪有絲綢床單的四根帷柱大床上。

萬一她死了，葛麗塔姨媽也早就計畫好要把這座貓砂堡和所有一切留給……你應該猜得到……她的貓。

有時葛麗塔姨媽的親朋好友會求她幫個忙。

求她分一點食物，

求她給一個過夜的地方，

求她捐一便士來幫助別人，幫助那些有迫切需要的人。

但哪怕是偶而需要幫輪椅換個新輪胎的奈德，也都被這位壞姨媽給斷然拒絕。就連島上其他小孩也都一樣。有一天，一群小孩鼓足勇氣去

問她：「拜託讓我們在你其中一塊空地上踢足球好嗎？」

葛麗塔姑媽吭都不吭，就放出她那一百零一隻貓咪們，去攻擊小孩。

小不點！上！

不用說也知道，小朋友們再也不敢提出任何要求了。

但他們從來沒忘記她的殘酷。

奈德也沒忘記。

第25章

蜂擁而上的貓

史萊姆飛碟或稱USO（不明史萊物）正不停旋轉，飛越天空牠的轉速快到可憐的奈德就要抓不住了。奈德可以感覺到他的手指正一根一根地鬆開。就在USO飛到貓砂堡的上空時，男孩發現自己竟掉了下來，在空中翻騰

「**啊啊啊！**」他放聲尖叫

史萊姆追在他後面，但是奈德翻滾得太快，牠根本抓不住他。他在空中連滾幾下之後，就直接墜入城堡的護城河。

嘩啦！

男孩沉入很深的水底。他不會游泳。除非史萊姆來救他，而且要快，否則他死定了。

史萊姆深潛入護城河裡，變成某種**海怪**，讓渾身溼透的奈德騎在牠的背上衝出水面。

但，不用說也知道，由於海怪全身溼漉漉的，身上很滑溜，奈德根本抓不住。「**哇啊！**」從海怪背上不斷下滑的他，忍不住大聲驚呼。

就在他快要整個人掉下來時，海怪突然甩動尾巴，將男孩拋飛到空中。

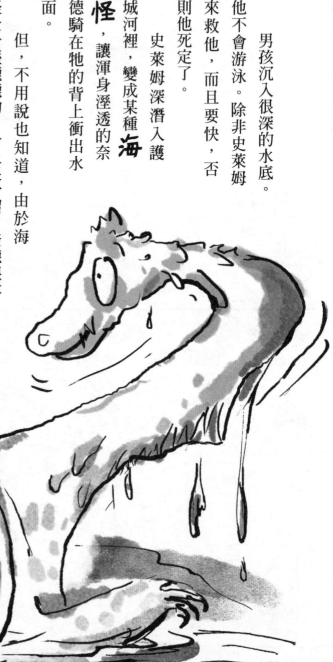

「哇啊！」

奈德直接飛越城牆。

「啊啊啊啊！」

奈德看得到下方城堡的天井，離他越來越近。

那裡有一整片的貓兒！

各種體型和各種顏色！

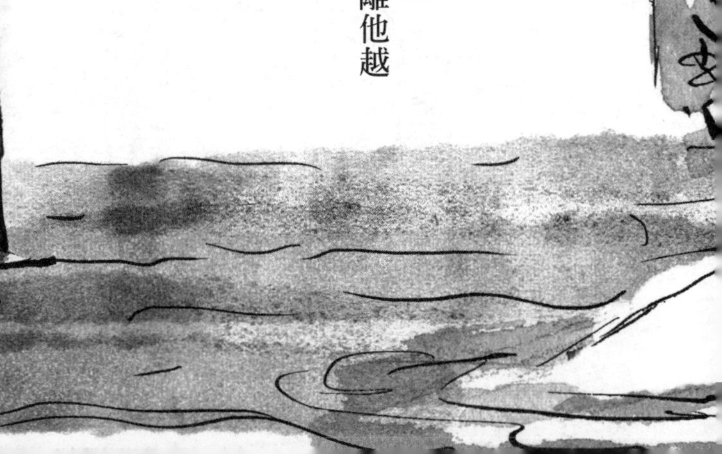

有黑貓、白貓、黃貓、灰貓、紅貓、藍貓，
甚至還有一隻全身光禿、長得很怪異的貓。
「喵～」「喵～」「喵～」
男孩馬上就要墜落在牠們頭頂上方。
「救命啊！」他放聲大喊。
「有好多貓啊！」

第26章

生吞活吃

在空中翻滾的奈德緊閉雙眼。男孩就要被一百零一隻貓給生吞活吃了！只是這時的奈德沒看到史萊姆正從護城河那裡，往上拱起，在他下方形成一座彈跳城堡。

一座黏糊糊的彈跳城堡。

又稱**史萊彈跳堡**[29]。

這座史萊彈跳堡，就壓在貓兒們的頭頂上。

喵～

喵～

喵～

嘶！

嘶！

嘶！

29 **威廉大辭典**已經收錄這個字了，所以請讓讓。

奈德剛好墜落在史萊彈跳堡的正中心。

彈！

結果發現自己又彈回空中。

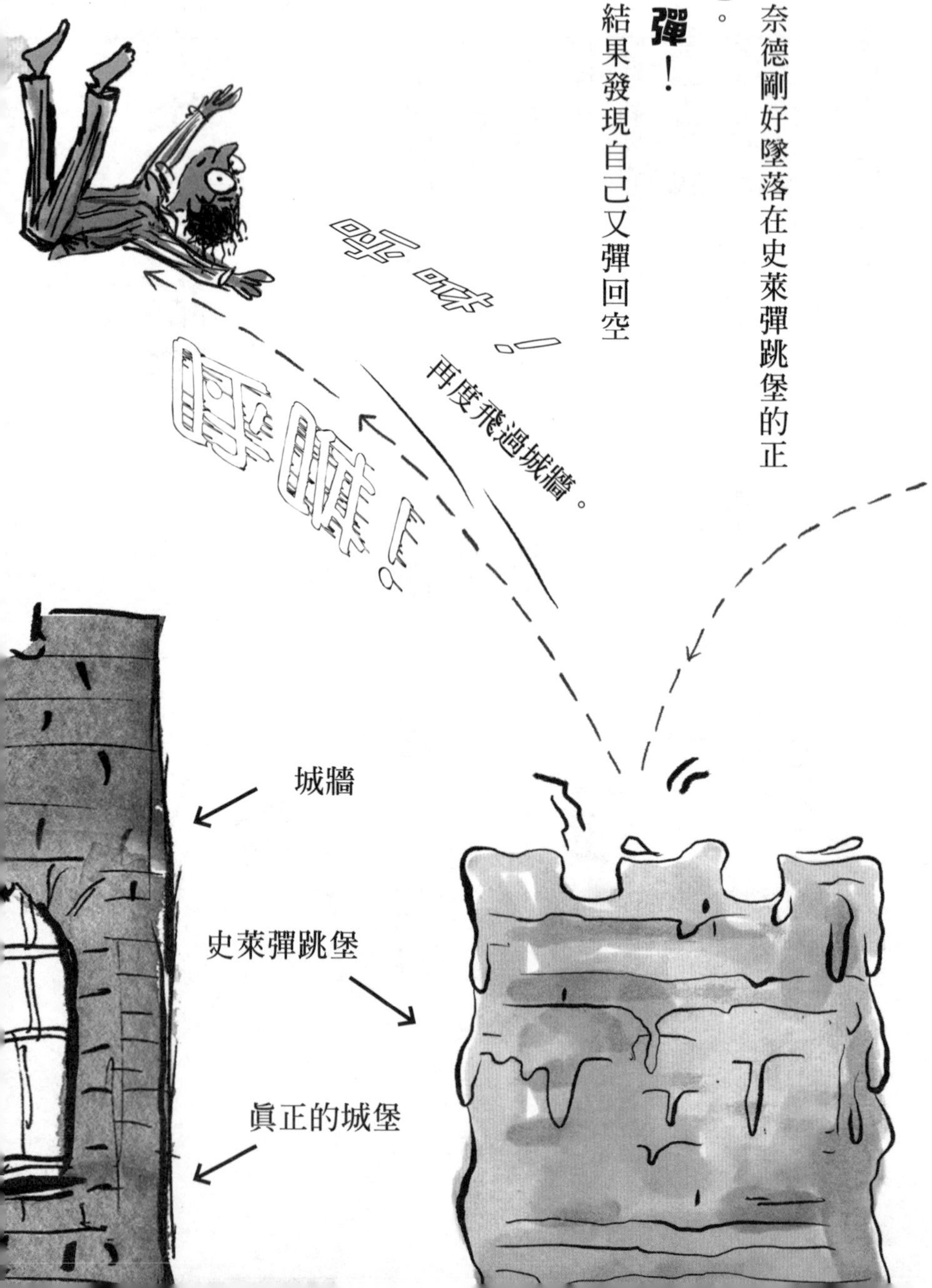

又再次直墜護城河！
呼咻！
奈德
「啊啊啊啊！」
嘩啦！
護城河

奈德從污濁的水底一被救起，史萊姆立刻變成一道梯子——**史萊梯**[30]。

看來史萊梯是最適合用來攀爬城牆的工具。可是等男孩真的伸出手臂把自己撐上去時，就發現這工具很不行。牠太**溼黏**，也太**滑**了。結果害他又直接掉進護城河裡。

最後在奈德和他的史萊姆朋友多次的討

下，終於有了解決的辦法

這辦法太簡單、太聰明了

男孩可以從黏糊糊的加農砲，或稱**史萊砲**[31]，裡射出來，直接降落在貓砂堡的最頂端。

所以數到三……

「一、二、三！

史萊姆將奈德射到空中。

磅！

呼咻！

他飛過城牆

呼咻！

飛過天井裡的貓

呼咻！

飛過另一面城牆

---

30 **威廉大辭典**。拜託，各位，跟上潮流好嗎？

31 我不想再跟你解釋了。

呼咻！

直接掉進另一邊的護城河裡。

嘩啦！

不會吧！

史萊姆立刻唏哩呼嚕地變回海怪，潛入護城河底拯救他的朋友。

等回到陸地上，男孩立刻嚎啕大哭，「怎麼可能發生這種事！」

「什麼事都可能發生！」史萊姆回答。

「進入葛麗塔姨媽的城堡，一定會發生！」

「沒錯，這件事，一定要發生！」

「沒錯。」

這兩個好朋友又想了一會兒。

「一定有什麼辦法可以越過這道牆，避開那些貓。」奈德說道。

「貓討厭什麼？」史萊姆問道。

「狗！」

「那我變成狗好了！」

史萊姆瞬間唏哩呼嚕地變身爲一條狗，或稱史萊狗[32]。

史萊狗比一般狗的體型大上一百倍，牠先學狗兒們用力甩動身子的奇怪動作，把自己弄乾

啪！啪！啪！

接著就把奈德放在牠的背上。這次男孩竟然奇蹟似地沒有滑下來。於是史萊狗先快步遠離城堡，再一股作氣地衝向城堡，來個大跳躍。

跳！

他們越過城牆。

32 沒錯，就是這麼稱呼。你要是敢再多問我一句，這本書就會變成你手上的史萊姆！

呼咻！

成功了！

他們終於降落在城堡的天井裡，就降落在一整片貓群的上方。

這群貓全圍著他們，把他們兩個都嚇壞了。

「我……我……現在……該……該……該怎麼辦？」史萊姆問道。

「你是一條狗！」奈德提醒牠，「你應該對牠們吼啊！」

「我試試看，」史萊姆回答道，「**吼喔～！**」

葛麗塔姨媽的貓，沒那麼容易被嚇唬。事實上，牠們都在嘲笑牠那爛演技。

「**喵！哈！哈！**」

33

「完了！」奈德說道。

「真的完了。」史萊姆說道。

貓群準備展開攻擊，牠們先繞著他們轉，露出尖牙。

「**嘶！**」

其中幾隻比較大膽的貓，開始伸爪劃這條「狗」。

「**喵～！**」

「嘶～！」

揮爪！

狠劃！

奈德和史萊姆縮在角落裡。他們縮得太小，結果變得像是角落裡一小坨黏黏的東西一樣。

「完了！」史萊姆大聲說道。

「眞的完了！」奈德也大聲說道。

「我們好像快沒命了。」

「眞的快沒命了，牠們數量這麼多！」

「有多少隻啊？」史萊姆問道

「我沒辦法數啦，牠們一直動來動去！」

葛麗塔姨媽的貓兒大軍還在嘶聲作響，揮著利爪。

33 沒錯，貓就是這樣大笑的。我在閱讀書籍的時候曾聽到牠們這樣大笑。

「喵～！」

「嘶～！」

揮爪！

狠劃！

「就算牠們不怕狗，也一定有什麼東西是牠們很怕的啊！」奈德推理道。

「但是到底是什麼？」

貓群越走越近。

喀啦！喀啦！喀啦！喀啦！

「**水！**」男孩大聲說道。

「對啦！」史萊姆附和道。

「史萊姆！快變成波濤洶湧的大海！現在就變！

於是史萊姆照著牠朋友的吩咐變身。沒多久，城堡的天井就充斥著**黏糊糊**的海水，或稱史萊海[34]，到處洶湧翻騰

「喵哇啊啊啊啊！」

貓群發出尖叫。

奈德說得沒錯。這群貓的確怕水。事實上，牠們嚇壞了

34 我保證這是最爛的詞語。

這群原本目中無人的貓，現在都忙著跳上能浮在海面上的任何一樣東西。

椅子啊、桌子啊，或者其牠的貓兒。

「喵哇啊啊啊啊！」

正巴著一塊木托盤，徒手衝浪的奈德，發現牆上有一扇敞開的窗子。

「史萊姆，從這裡鑽進去！」他大喊道。

男孩滑進窗戶，黏糊糊的海水也跟著灌進小小的窗框裡。

男孩進入城堡，跌坐在地上。

嘟咚！

「噢！」

史萊姆海也傾洩到男孩的身上。

嘩啦！

「嗯！」男孩說道。

奈德四處張望。他所在的這個地方，是他這輩子見過最大的一間房間。眼前的畫面很是炫富，有多幅油畫、珍貴的古董，天花板上還垂掛著水晶吊燈。這跟他住的簡陋小屋，根本是完全不同的世界。

「是誰在那裡？」一個聲音質問道

那是奈德的葛麗塔姨媽。這位女士居高臨下地站在他們上方，渾身珠光寶氣，手裡還抱著一隻尤其可怕的貓

「嘶～」[35]

35 是那隻貓在叫，不是葛麗塔姨媽。

第26章

像熊一樣魁梧的貓

乍看之下，還看不清楚，他們是誰在抱著誰。有可能是貓抱著姨媽，爲他們兩個的體型都很大。這隻貓就像其牠的貓一樣，也叫小不點。你可以分辨得出來，這隻小不點跟其牠小不點的不同。理由很簡單，因爲牠的體型像頭灰熊。牠是名符其實的**巨無霸小不點**。

「我再說一遍，是誰在那裡？」葛麗塔姨媽重覆道。

男孩將自己撐坐上一張椅子。而原本流瀉在絲質地毯上的史萊姆，也趕緊將自己收攏，變回很有糰味[36]的黏糰物，站在男孩後面。

「是我，葛麗塔姨媽！我是你最喜歡的外甥奈德！」男孩

36 意思是一坨黏團的模樣。[37]

37 意思是很有糰味。

脫口而出。「我剛說『最喜歡』……是因爲你只有一個外甥，所以我應該是你最喜歡的那一個。」

葛麗塔一點也沒被逗樂，「小鬼，你就只是條寄生蟲！不要像你那些討人厭的家人一樣，老愛巴著我不放！」

那隻邪惡的貓正邪里邪氣地瞪著他，那雙眼睛就像牠頸圈上的鑽石一樣，閃閃發亮。

「嘶！」牠嘶聲作響。

「你沒看到牌子嗎？擅闖者會被吃掉！我要你現在就滾出我的城堡！不然我就放小不點去吃掉你！」

話才說完，她就把巨無霸小不點往男孩身上一丟。

咚！

這個大傢伙砰的一聲，掉在地上。

「嘶～」

「跟你在一起的這個大怪物是誰啊？」葛麗塔

姨媽質問道。

「哼，有夠討人厭。」史萊姆大聲說道。這時牠低下頭，竟看見巨無霸小不點正在用粗糙的大舌頭，舔著牠那黏糊糊的腳。史萊姆一點也不想讓牠舔。沒多久，巨無霸小不點竟開始咳嗽，牠沒有咳出毛球，而是一小坨黏糊糊的球。

「呼嚕！」

「史萊姆是我的朋友。」男孩回答。

「跟一大坨鼻涕當朋友，真是有夠噁心。」葛麗塔姨媽評論道。

「葛麗塔姨媽，你應該改天交個朋友看看，我們很擔心妳一個人住在城堡裡。」

這位女士笑了起來，「哈哈！朋友？我不需要朋友、家人或任何人。這些東西才是我最親近和最親愛的朋友！」

話才說完，她就把她的珠寶秀給男孩看。葛麗塔姨媽看起來就像一棵聖誕樹，在可以想得到的地方，都掛著閃閃發亮的飾品。

當然還有她那頂誇張的**貓皇冠**。

要不是她渾身都是貓尿味，你可能會誤以爲

葛麗塔姨媽是皇室成員之一。

「小鬼，你來這裡做什麼？」她冷笑道，「我沒有邀請你來我的城堡，我從來沒有邀請過任何人進入我的城堡。他們總是想從我這裡得到什麼。」

「呃，事實上……」奈德才要開口就被打斷。

「是來要錢的嗎？這就是你來這裡的目的嗎？我現在就可以告訴你，你一毛錢也拿不到。小鬼，你聽到我說的話了嗎？一毛錢也沒有。」

「她都是這樣嗎？」史萊姆小聲問道。

「這還算是她心情好的時候呢。」奈德回答。

「小鬼，你到底要什麼？快說！」她大聲吼道，「不然我就要派出我的一百隻貓來對付你。」

奈德抬頭看看城堡的窗戶，那一百隻貓已經爭先恐後地爬上天井的牆。現在牠們正蜂擁而入客廳，像湍急的河水流瀉進來。

「嘶！」

在巨無霸小不點的領軍下，所有小不點開始將他們兩個團團圍住，準備攻擊。

「小鬼，快說！」她大聲吼叫，連身上的珠寶都被震得叮噹作響，「不然你就會變成貓的食物了。」

「喵～！」

「嘶～！」

男孩突然想到一個最最惡搞的點子。這個點子一定可以好好教訓這位女士，甚至永遠改變**麻趣島**上所有小孩的命運。

「我最親愛的姨媽，我來這裡的目的，是爲了給妳一樣東西。」

這位女士很是好奇，「給我東西？」

「對，給你。我擔心妳的珠寶不夠多。」

葛麗塔低頭看著她滿身的珠寶。

「小鬼，你說得沒錯！」她尖銳地說到，「我身上的東西還不夠閃亮，總是需要有更多更多更多的珠寶。」

「你想要更多嗎？」奈德問道。

「想啊！」葛麗塔姨媽吼道，「快給我，快給我，我還要更多！」

奈德看著史萊姆。「我就知道妳想要更多。那就請我的朋友史萊姆來幫幫妳吧。」

他們相視一笑。史萊姆知道該做什麼了。

「我們先多加一條項鍊好了！」男孩大聲說道。

話一說完，史萊姆的胸膛便突然打開，射出黏漿魚雷。

噗啊！

當場擊中那位女士的胸口，她的身上滿是黏漿。

啪嗒！

「嗯！」

「當然也有新的耳環！」

兩顆小小的史萊姆炸彈，射中她的耳朵。

啪嗒！啪嗒！

「嗯！」

「既然有更大、更招搖的皇冠，幹嘛還要戴頭飾呢？」

這時候史萊姆剩餘的部位開始騰空飛起，直接噴上她的頭，害她從頭到腳都浸在黏漿裡！

啪嗒！

「噁啊！」她發出尖叫聲。

就在奈德放聲大笑時……

「哈！哈！哈！」

史萊姆又把自己全收攏起來，縮了回來。

「我們得趕快離開這裡！」史萊姆說道。

「爲什麼？」

「那些小不點要攻擊我們了！」

奈德低頭一看，發現自己被貓兒團團圍住，而且有更多、更多的貓兒正要圍上來。

領頭的正是巨無霸不小點。這頭龐然大物撲向男孩，露出尖牙。

「嘶〜〜嘶〜〜」

史萊姆腦筋動得快，一句話也沒說，就直接射上天花板。

啪嗒！

然後黏在那裡。

看起來就像一隻巨大的水母。軟黏的長觸鬚，從上面慢慢往下瀉。

「那我怎麼辦？」奈德朝上方喊道。

「我快要到了！」史萊姆朝下方喊道。

觸鬚及時纏住男孩，將他一把拉上天花板。

呼咻！

奈德的腳牢牢埋進黏漿裡

啪嗒！

他頭下腳上地

倒吊著，遠離貓群

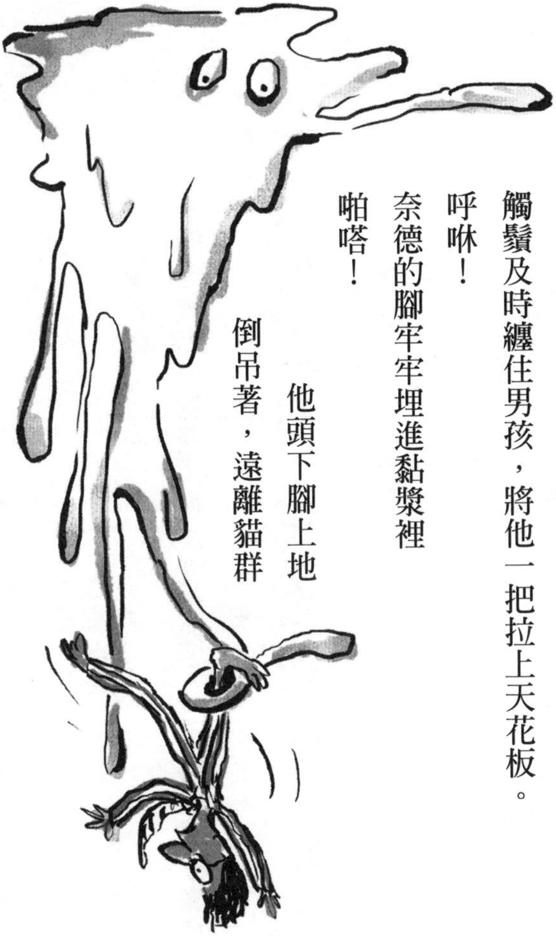

的利爪，很是沾沾自喜。

不過他臉上得意表情很快就僵掉了，因爲他那位滿身黏漿的姨媽正在發號施令。

「小不點們！給我吃掉那個小鬼！」

第28章

堆積如山的貓

葛麗塔姨媽一定有幫她那一百零一隻貓，做過馬戲團訓練。雖然知道這不太可能啦，但是這群野獸竟然能踩著彼此的肩膀，疊羅漢上去，形成了某種貓肉梯子，俗稱**貓梯**[39]。

39 拜託，大家都嘛知道這個字。

沒多久，貓兒就越疊越高、越疊越高。轉眼間，牠們已經非常非常接近男孩，利爪朝他揮了過去。

「史萊姆，拜託你！做點什麼好嗎！」奈德尖聲大叫。

史萊姆開始沿著天花板一路滲黏過去，試圖逃走。

噗嚕！噗嚕！噗嚕！

但牠很快就跟吊燈黏纏在一起。

「小不點們，我們逮到他們了！」葛麗塔姨媽在下面大吼道，同時抹掉她臉上的黏漿，「我

鏘！鏘！鏘！

美麗的貓兒們，好好享用你們的大餐吧！」

貓其實不是最聰明的動物。以我跟各種動物相處的經驗來判斷，我會把牠們的智商這樣排名。

這群貓做了一件傻事，那就是讓還沒長大的小不點們，被壓在貓梯的最底層，中間疊的是完全長大的小不

點，然後站在最上面是那隻巨無霸小不點。巨無霸小不點現在站得跟男孩一樣高，正在和吊燈上的史萊姆纏鬥。這頭可怕的貓在空中狂咬，離奈德的臉只有一根鬍子的距離。

　　史萊姆試圖從吊燈上脫身！

鏘！鏘！鏘

結果史萊姆一不小心，把頭下腳上的男孩往那頭野獸的方向，直接甩過去

呼咻！

「啊！」奈德尖叫。

「嗷！」巨無霸小不點大口一咬，尖牙刺穿奈德的耳朵。

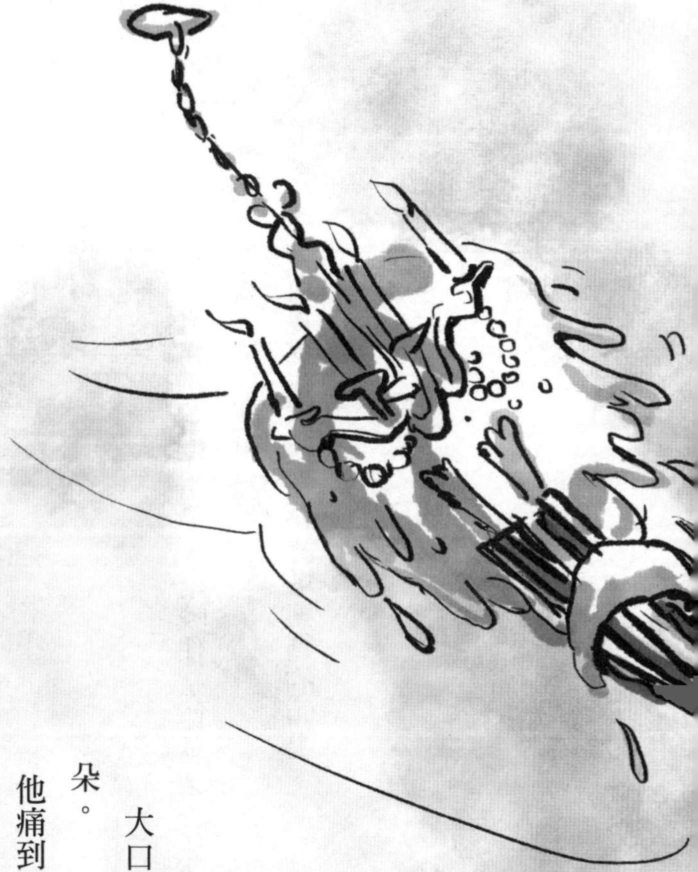

他痛到爆淚

「啊啊啊啊啊啊！」

更慘的是，那頭野獸還緊咬不放！

「救命啊啊啊啊！」

戴著一隻巨無霸貓耳環，恐怕是最可怕的戴耳環經驗了。

男孩不停擺盪，巨無霸小不點也跟著擺盪。

咻！

這頭野獸盪來盪去，盪到貓梯跟著開始瓦解。

「喵啊！」

「喵啊！」

「喵啊！」

就在巨無霸小不點用尖牙緊咬住奈德耳朵不放的同時，下方那一百隻貓突然跌了下去，俗稱**貓跌**[40]。

這一百隻貓正好跌在葛麗塔姨媽的頭上。

咚！

咚！

咚！

「喵嗚～！」

「喵嗚～！」

「喵嗚～！」

這位女士被埋在堆積如山的貓裡頭。

「嗯嗚！」這時傳出被蒙住的哭喊聲。顯然有一隻貓的屁股，簡稱貓屁屁[41]，剛好卡在她鼻子底下。

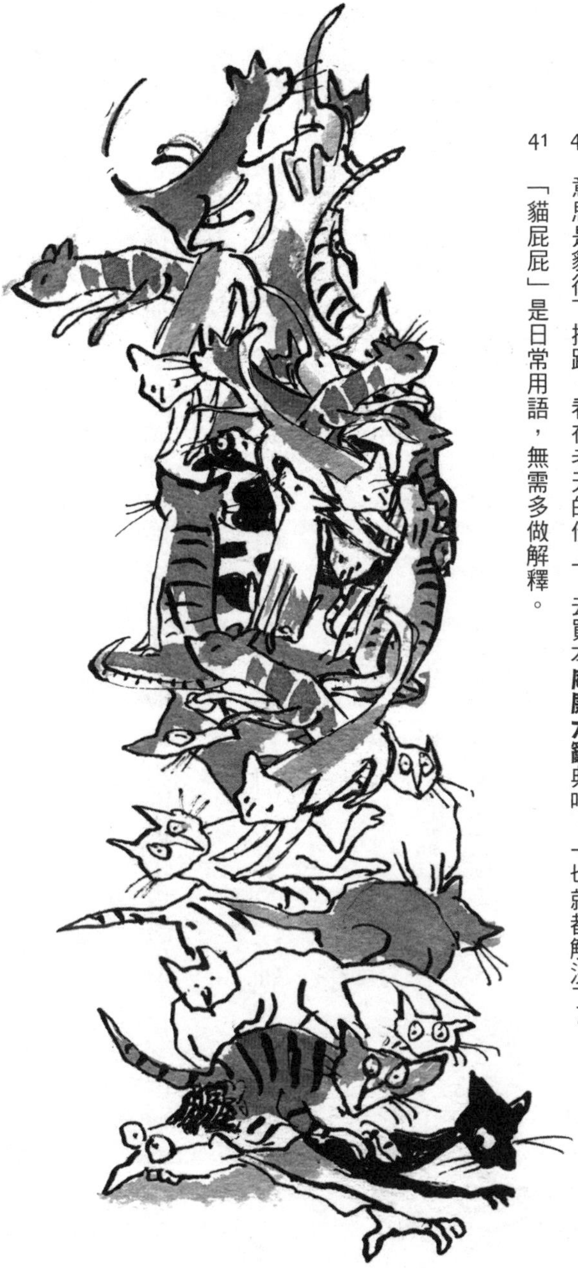

40 意思是貓往下摔跌。看在老天的份上，去買本**咸廉大辭典**吧，一切就都解決了。

41 「貓屁屁」是日常用語，無需多做解釋。

所有的貓都摔，或者說是貓跌在地板上，但很不可置信的是，巨無霸小不點仍吊在奈德的耳朵上，或者說是貓吊[42]。

不管奈德怎麼掙扎，這頭野獸就是不鬆口。事實上，牠的尖牙越咬越深。

「嗷！」

「哎呦！」奈德尖叫。如果有一隻巨無霸的貓吊在你的耳朵上，你也會這樣慘叫，哪怕是小貓咬在你的耳朵上。

這時候，葛麗塔姨媽正從堆積如山的貓裡頭爬出來。其中有很多隻貓仍卡在她全身上下。於是這位邪惡的女士，看起來就像一頭毛茸茸的怪物。

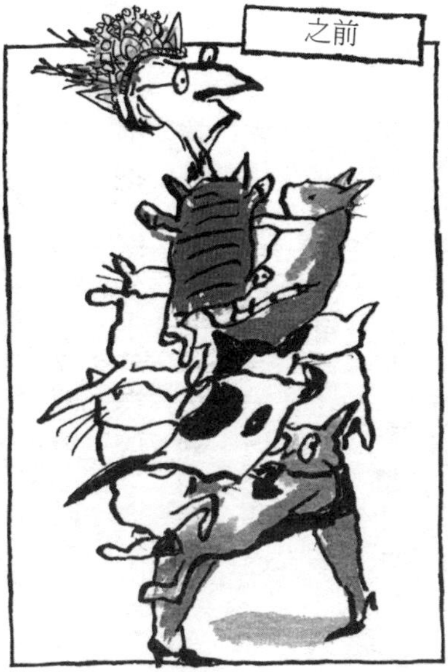

「我沒辦法把這隻巨無霸貓從我耳朵上弄掉啦！」奈德尖聲喊道。[43]

「搔牠癢！」史萊姆提議道。

「搔牠癢？」

「値得一試啊！」

於是頭下腳上的他們，開始在巨無霸小不點身上，上下搔癢。

牠的耳朵、牠的下巴、牠的腿、牠的肚子、牠的尾巴。

42 不要再拖了！今天就去買你的**威廉大辭典**。

43 這個句子你絕不會在久享盛名的查爾斯．狄更斯寫的書裡看到。

搔～搔～搔～搔～

根本沒用！這隻貓還是不鬆口。

「搔牠的尾尖！」奈德下令。

「我才不要去搔一隻貓的尾尖！」史萊姆說道。

「爲什麼不行？」男孩質問道。

「會被人家說閒話！」

「胡說八道！我們一起搔！」

於是他們出手了。兩個一起搔著巨無霸小不點的尾尖。

「喵！嗷！嗷！」這隻貓開始大笑。牠一笑，嘴巴就鬆開了，於是放掉

了奈德的耳朵。

呼咻！

巨無霸小不點從空中直墜而下。

「不！」下方的葛麗塔姑媽大聲喊道，因爲這隻重量等同於一頭小象的貓，就要砸在她頭上。

咚！

「噢！」她喊道。

「妳的珠寶夠多了嗎？」奈德問道，「還是要更多、更多、更多的珠寶？」

「求求你，」葛麗塔姨媽哀求道，「不要再給了，不要再給了。」

「那麼麻趣島上的事情，必須有所改變。」

「改什麼都可以，只要你說出來。」

「不准再有討人厭的大人恐嚇小孩。」

「我不懂你在說什麼！」她反駁道。

「妳很清楚我在說什麼！憤怒校長、妒嫉兄弟、傲慢上尉、懶散夫人、貪

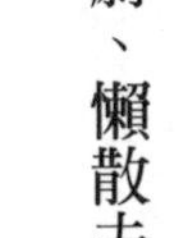

食夫妻。小朋友們要他們永遠滾出這座島！」

「不然咧？」貪心姨媽問道。

「不然史萊姆就會來找妳玩！」

「不要吧！」她哀求道，「我會立刻把他們送走！」

「太好了！」奈德大聲說道，「至於妳……？」

「我……呃……我保證我會對那些討人厭的小鬼……我意思是對小朋友好一點。」

「嗯……」男孩沉思道，「妳有開竅哦！還有請妳相信，我們很歡迎妳再回來當我們的家人。我們希望有一天，妳能到我們的小木屋來喝杯茶。」

「這個嘛……」這位女士有點結巴。

「史萊姆會送妳來的！」

「這是我的榮幸，」史萊姆的語調淘氣，「好耶！好耶！」

「送我去就不必了，但喝茶可以。」她回答。

「好耶！」奈德說道，「史萊姆，我們走吧！」

史萊姆從吊燈上下來，將自己變成一個噴射背包，或稱史萊噴射包[44]。

「那就先掰囉！」奈德說道。

這兩個朋友一起彈射出城堡的窗戶，葛麗塔姨媽驚愕地張大嘴巴，看著他們遠去。

44 不需要解釋了，也不會再給你任何解釋了。

第29章 夕陽

這真是最唏哩呼嚕的天，但已經快結束了

麻趣島的太陽正在西沉。

「帶我回家吧！」男孩對著他背上的史萊噴射包大聲喊道。

「當然好，奈德。」史萊姆聽命

道，他們飛越天空，回到冒險的起點。

奈德家人住的那棟小木屋。

呼咻！

從高處俯瞰，奈德的家異常安靜。現在只是黃昏，他爸爸媽媽一定都還在外面辛勞地工作。

但是他姊姊潔米瑪跑去哪兒了？

奈德找遍整棟屋子，發現屋裡空蕩蕩的。

「潔米瑪！」他大喊，「潔米瑪？」

到處都找不到她。

「她在哪裡？」男孩問道。

史萊姆搖一搖牠那顆黏糊糊的頭，「不知道耶。但她不可能走遠，麻趣鳥又不大。」

奈德到浴室查看，發現他的輪椅也不見了。

「我的輪椅！她拿走我的輪椅！我姊姊是個很恐怖的人，她到底把它藏到哪裡去了？」他咒罵道。

「她拿輪椅要做什麼？」

「我敢打賭她一定是要把它丟下懸崖。」

「奈德，你別亂說！」

「她又不是沒做過更惡劣的事！」

「潔米瑪沒那麼壞啦。」

「不，她眞的很壞！」奈德回答道。

「那我們就看能不能找到她囉！如果找到了她，我相信你的輪椅一定也會在附近。」

「應該吧。」

「一定是，我們走吧。」

說完，史萊姆就把男孩從浴室裡撈出來，一起飛上天空。這一次奈德的朋友唏哩呼嚕地變成一只風箏，俗稱史萊風箏[45]。

男孩趴在史萊風箏的上面，一起飛越整座島，尋找潔米瑪。

---

45 我知道這很無聊。甚至無聊到沒收錄進**咸廉大辭典**裡。

「你看！」男孩大喊道。「有靴印！」

泥地上的確有超大的靴印，一路通往森林裡。

他們倆在林子滑翔，直到奈德瞄見一處空地，下方有鮮亮的色彩一閃而逝。男孩認爲可能是他姊姊的花色洋裝，於是示意史萊姆下降，他們悄悄地俯衝到林地上。

史萊姆變回一坨黏糰物，用那條滴滴答答、又黏又糊的手臂，將奈德撈起來緊緊抱住。

男孩說得沒錯。潔米瑪就在正前方森林裡一棵最古老的樹旁邊。他的輪椅也在那裡。女孩離奈德太遠了，奈德看不到她在做什麼，但他相信她一定不會幹什麼好事。

「我們再去作弄她一次！」奈德對史萊姆低聲說道。

「等一下啦。」史萊姆遲疑了。

「不要等了，現在就去。我們要一點驚嚇的材料，現在你把自己變回一坨球。」

「史萊球？」

「沒錯，然後我們朝她滾過去，嚇嚇她，讓她全身上下都裹滿黏漿。」

史萊姆聳聳肩，這個聳肩動作，已經是一顆史萊球能夠讓肩膀聳起來的最大程度了。接著牠就照他的話做了。

奈德爬上史萊球的頂端，一起滾過森林，離女孩越來越近。

咚隆！咚隆！咚隆！咚隆！

等到他們很接近潔米瑪時，奈德才看見潔米瑪把頭擱在他的輪椅上。男孩很想告訴她，他其實已經放了無數次的屁，在她鼻子現在碰到的那塊地方。但是他想了想，還是決定先別說，免得壞了這次的惡作劇。

他們越滾越近，這時奈德注意到潔米瑪，正在做一件他以前從沒見過的事。

她在哭。

「她幹嘛哭那麼大聲啊？」奈德小聲問史萊姆。

「也許你姊姊很想念你。」

「別傻了，史萊姆，她討厭我，就像我討厭她一樣。走吧，我們再滾近一點。」

史萊球碾到了一根小樹枝，當場折成兩半。

啪！

這聲音一定有嚇到潔米瑪。她出於本能地跳起來，用那隻穿著靴子的腳狠狠一踢……

咚！

奈德和史萊姆當場彈飛到天空。

呼咻！

「啊！」男孩放聲尖叫。

等到他從空中再翻滾回地

面時，他才恍然大悟這個特別的計畫……呃……落空了。

「史萊姆！」他大喊。「救我！」

但是史萊姆被踢飛得比他還高。

「奈德，我抓不到你！」男孩尖叫。

「啊啊啊啊！」

奈德正朝潔米瑪直墜而下

第30章

直到永遠

這時神奇的事情發生了，潔米瑪徒手接住奈德。

「哎呀！」她大聲驚呼，「奈德！我找到你，我太開心了！」

跟她面對面的奈德，發現她眼裡都是淚。

史萊姆跌落在森林裡的不遠處。

咚！

牠穿過高聳的林木朝他們慢慢滾過去。

「潔米瑪，妳爲什麼在哭？」奈德問道。

「我很擔心你啊！」她抱著她弟弟說道。

「我？」男孩不敢相信自己的耳朵。

「是啊，你啊。我很難過我害你離家出走。」

「妳對我很壞啊。」

「我知道啊，但我從來沒想過，我會害你離家出走。你走了之後，我才明白我……」

「妳怎樣？」奈德問道。潔米瑪眞的會說出來嗎？

「我有多喜歡你。」

「我還以爲妳要說妳有多『愛』我呢！」

「現在維持在『喜歡』的程度就可以了。」潔米瑪回答道。

「『喜歡』也不錯啦。」奈德大聲說道。

「你是我弟弟，我應該要好好照顧你，不應該老是對你惡作劇。」

「謝天謝地！」奈德說道，「可是妳爲什麼要躲在森林裡？」

「我從黎明開始就在整座島上找你。這片森林是最後一個地方。我撐不下去了，因爲就快天黑了，我以爲你已經消失了……永遠消失了。」

這時史萊姆已經一路滾到這對姊弟這裡。

咚隆！咚隆！咚隆！咚隆！咚隆！咚隆！

「哈囉！」史萊姆打招呼。

「**啊啊啊！**」潔米瑪尖聲大叫，「牠會說話！」

「妳不需要尖叫。」奈德再三保證。

「我非常友善的。」史萊姆說道。

「你踢過我屁股！」潔米瑪說道。

「哦，對耶，」史萊姆回答道，「很抱歉我踢了妳。」

「是我活該啦。」她說道，「但你是誰啊？」

「我是史萊姆！」

潔米瑪抬起她的手，碰了碰這個奇怪的生物。

「沒錯，你給人的感覺，眞的很黏很黏。」她評論道。

「史萊姆是我把你玻璃罐裡所有的噁心東西都混合後，製造出來的。」奈德補充道。

潔米瑪垂下眼皮，「所以我那個小小的……計畫被你發現了？」

「沒錯，被我發現了。」奈德回答。

「完了。」

「是完了。不過因爲這樣，我才創造出一個朋友，而且還展開了一場最刺激的冒險旅行。」

「這樣也不錯啦。對了，你們去了哪裡？」她問道。

「我們飛越了整座島，」史萊姆說道，「改正了所有錯誤。」

「好吧，我也想要改正一件錯誤，」女孩開口道，「奈德，是我不對。」

男孩微笑，手臂環住他姊姊。

「我們一起來吧，」奈德說道，「我們要做最後一次的飛行！」

「我嗎？」潔米瑪問道。

「對啊！就是妳！」男孩說道。他牽住他姊姊的手，「史萊姆，最後一次環島飛行！」

「我的榮幸，」史萊姆回答道。牠撈起兩個姊弟，然後起飛。這次牠變成一頭黏糊糊的**巨龍**。奈德和潔米瑪坐在背上，緊攬著彼此，史萊姆的翅膀就在他們下方不停拍打。

第31章

最後的飛行

奈德和潔米瑪飛遍全島。

他們飛越學校，學生正從建築物裡川流不息地走出來，一路上說說笑笑。孩子們都向正在天空飛行的他們，揮舞著手。

「謝謝你，奈德！」他們喊道。

男孩滿臉笑容地揮手回去。

接著他們飛越公園。

令奈德驚訝的是，一群小朋友正在草地上踢足球。

「奈德！」他們大聲喊道，「我們愛你！」

奈德滿面笑容，「謝謝你們！」他喊了回去。

然後他們飛越玩具店，店鋪附近有一群小孩，正在戶外玩他們的新玩具。

「奈德！你是最棒的！」他們喊道。

跨坐在巨龍身上飛行的男孩微微點頭。

「我有一個很酷的弟弟耶！」潔米瑪評論道。

「習慣就好！」奈德說道，「哈！哈！」

姊弟倆同時低聲輕笑，這時他們剛好飛越媽媽在魚市場裡的攤位，於是向她揮手打招呼。

「媽！你看！我們在這裡！」

可憐的媽媽當場昏倒，跌進魚籃裡。如果你看見你的小孩坐在一條黏糊糊的巨龍身上，或稱**史萊龍**[46]，翱翔天空，想必你也會昏倒。

奈德和潔米瑪飛越爸爸那艘剛進港的漁船。

「爸爸！你看！」

爸爸差點從船上跌進海裡。

「哎呀！」奈德說道。

這時有另外一艘船正要駛出港口。那是一艘**運囚船**。

那些可怕的大人——憤怒校長、妒嫉兄弟、傲慢上尉、懶散夫人和貪食夫妻——全被鎖在甲板上的籠子裡。

他們用力搖晃著鐵欄杆，對著天空放聲大吼。

「我們一定會要你付出代價！」他們喊道。

46 其實這個字並沒有在**威廉大辭典**裡。有人跟那個白痴威廉說過，他的字典不夠完整。啊，我剛剛才想到，我就是大衛·威廉啊。我在搞什麼啊！

「再會了，笨蛋們！」男孩喊道。

「哈！哈！」潔米瑪大笑。然後她、奈德和史萊姆就這樣飛入雲霄。

這是麻趣島迄今以來最不平凡的一天，這一天終於快結束了，他們飛向正在西沉的夕陽。

咻嗚！

潔米瑪緊緊抱住她弟弟，用兩隻手臂環抱著她弟弟的胸膛。男孩回頭看了一眼，微微一笑，無需任何言語[47]。

他們三個終於又回到森林裡的空地，降落在奈德輪椅的地方。

史萊姆變回牠原本的黏糰狀。

「哇嗚！」潔米瑪大聲驚呼，臉上漾著開心的笑容。

「就跟你說嘛，」奈德回答，「哇嗚！」

「所以我的弟弟現在成了超級英雄？」

奈德咯咯笑。「哈！哈！我想是吧！但妳知道嗎？我不想當超級英雄，我只想當我自己。」

話一說完，男孩就從史萊姆身上滑了下來，坐回自己的輪椅，這是最後一次了。

「好多了！」奈德說道，「不那麼黏了。」

「嗯，」史萊姆開口**說道，「看來我在這裡的任務已經完成，我要跟你們兩個道別了。」**

這兩個孩子抱住這坨巨大的黏糰物。

「謝謝你，史萊姆。我們永遠不會忘記你。」奈德說道。

47 才不是呢，那是因為我懶得寫了。

「我要走了，我要再去找其他可能需要惡搞大人的小孩了！」

「他們走運了。」奈德說道。

「你們要互相照顧哦。」

「我們會的。」倆姊弟齊聲說道。

話才說完，史萊姆就變成好幾千個黏糊糊的小點點。這些小點點穿過林子飛上天空，然後在空中懸浮了一會兒，才往四面八方迅速散去。

嚟嗹…。

呼咻！

嚟嗹…。

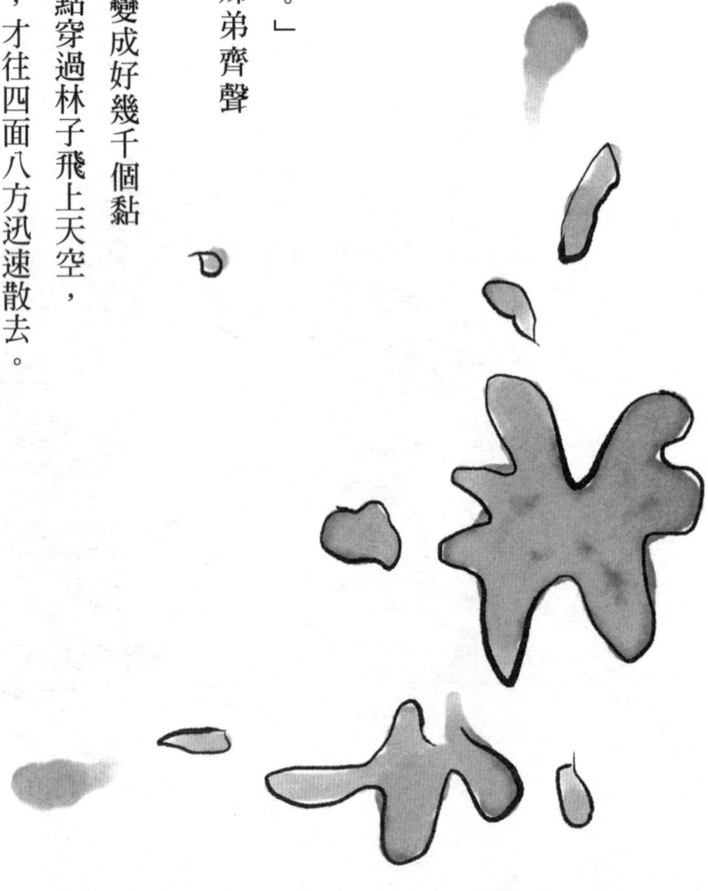

不消多久，史萊姆就會聽命於

世界各地的小孩。

像你一樣的小孩。

終曲

「我們應該還來得及回家喝杯茶。」奈德說道。

「明天是你的生日耶！」潔米瑪突然想起來。

「我知道。拜託不要再有驚喜了！」

「才不會呢！」女孩咯咯笑。「我幫你洗個澡吧！」

奈德看了她一眼。

「是用水洗澡啦！」她繼續說道。

「呃……我快要可以相信你了！」

奈德開始轉動他的輪椅。潔米瑪伸手抓住輪椅背後的手把。

「我來推你。」她說道。

「我不需要妳推，其實妳可以跳上來耶。」

「你確定？」

「我確定！這東西很酷哦！讓我秀給妳看，我和我的輪椅有哪些本事！」

「好啊！」女孩回答的同時，跳上輪椅後面的橫桿。

奈德加快速度。

呼咻！

沒多久，他們就一路滑行，鑽出森林，沿著一條鄉間小徑，加速前進。

奈德突然翹起前輪，這兩個姊弟當場玩起靠後輪平衡的特技遊戲。

「好好玩哦！」潔米瑪大聲喊道。

「妳還沒見識過更好玩的呢！」

說完他就開始不停旋轉輪椅。

當倆姊弟衝下山坡時，他們齊聲大喊：

「我們嗨爆了！」

劇終